聖
双
奪
て
1
ななみ
Illustration にもし
took away the
of the saint,
so i go on a journey.
JN112723

# CONTENTS

**番外編**

# 第一章 旅立ち編

# 五歳の加護の取得

「私、そっちがいいー！」

突然リリーが部屋に入ると私に覆いかぶさり、光の加護を奪われた。

は？　嘘でしょ。私の加護が……。

あまりの出来事に私の頭の中は真っ白になる。

「わーい！　わたしぃー、きれいな白い光だったよー!!」

無邪気に出て行くリリーの背中を床に手を突いたまま見送った。

やがて扉が静かに閉まると加護の部屋は暗くなり、床に青白く光る魔法陣が幻想的に浮かび上がる。

茫然《ぼうぜん》と立ち上がると、緑に淡く光る羽の生えた小さな少女が空中で頭を抱えていた。

もしかして、リリーの加護の精霊さん？

「あの……、あなたの加護を私に頂くことは……」

どうしたものかと回らない頭で加護のトレードを口にしたけれど「適性が合わないとダメなのよ」と精霊さんは困った顔で首を振る。

だよね。知っていたけど、ダメだよね。

どうしよう……。


するといきなり足元の魔法陣から白い光が放たれて、光り輝く美しい女性が現《あらわ》れた。

うう、眩《まぶ》しい。

思わず後ずさりをしながら、手をかざして目を細める。

続いて赤、青、黄、緑、茶、黒の眩《まばゆ》い光が次々と放たれていく。

「今度は何?」

光沢のあるドレープを着た七人の髪の長い女性たちが、それぞれの色の光を纏《まと》って現れた。

その姿はまさに絵本で見た女神そのもの……。

突然のことに動揺し、私はそこにいてもいいのか分からずそっと息をひそめた。

「見ていたわ」

「ええ私も」

「やっと光が現《あらわ》れたのに」

「困ったわ」

「信じられない」

「長い時を待ったのに」

「なんてことを」

彼女たちは魔法陣の上に集まって話し込んでいる。

私の存在が見えないのかな。

何気なく、自分の着ている水色のワンピースを見下ろした。

はぁ。まさか加護まで横取りされるとは……。

私はうんざりした気持ちで今朝の出来事を思い出す。


「私、そっちがいいー！」

双子の妹、リリーはいつもこうだ。

いつも、いつも私の物を横取りする。

「仕方ないわねぇ、リリーは言い出したら聞かないんだから。そのワンピース、取り替えてあげて。マリーはお姉ちゃんなんだし」

お母さんは朝早くに着替えを持って私たちの部屋に来ると、いつものようにリリーをなだめて私を見た。

どうせ抵抗しても、リリーが泣いて暴れて最後は私が譲ることになる。

「……はい」

五歳にして悟りを開いたのだ。

私は今日のために新調したピンクのワンピースをリリーに譲り、リリーの水色のワンピースを黙って着る。

ちぇっ。布を買う時に『同じ色にしよう』って言ったのに。


リリーは私の持っている物が欲しくなる病気だ。いや、そういう病気はないけれど私が名付けた。

こういうのってゴネ得なのか、粘り勝ちというのか、面倒臭いと思われたもの勝ちなんだろうな。

不器用な私と違い、愛嬌があって憎めないリリーが心底羨ましい。


私はいつものようにふざけるリリーを捕まえて、着替えをさせる。

「かーさん！　マリーがまだ怒ってるー」

は？

「マリー、いい加減にしなさいよ」

なんで！

くぅ。

あーダメダメ、深呼吸して笑顔、笑顔。

一生が決まる大切な加護の日を、嫌な思い出にしたくない。

だって、今日から魔法が使えるようになるんだもん！

どれだけこの日を楽しみにしてきたか。

お母さんは「後のことはお願いね」と言って、支度をする私たちを残して部屋を出た。


「ねぇマリー。私の加護は何色なの？」

「何色だろうね。ほら、リリー。じっとして」

古びた大きな鏡の前に座らせたリリーのベージュの髪を、ブラシで丁寧に梳《と》いていく。

私と同じ、肩までのストレート。私が毎日梳かすから、うっとりするほど艶々だ。

「お部屋に入ると私の精霊さんがいるんでしょ？」

「そう。加護の部屋に入って魔法陣の上に立つと、リリーの精霊さんが現れて体の中に入ってくれる。それが、加護の取得の儀式なんだって」

「うふふ。楽しみー。私の加護はピンクで、マリーは水色にしてあげる。……あ、やっぱり私、そっちがいい」

はぁ。そんな色はないけどね。赤、青、黄、緑、茶、白、黒の七色だし。

相変わらずのリリーの言葉にため息を吐くと、鏡に映った自分を見た。

ほんと、嫌になるほど私たちはそっくりだ。

違うのは目の色だけ。お父さんが青い目で、リリーとお母さんは緑の目。

だけど私は両親二人を合わせた、とっても珍しい青緑の目なの。

ふふん。この目の色は、ものすごーく気に入っている。


「ふたりともー、そろそろ出かけるわよー」

「「はーい」」

今日は夏の終わりの私たちの五歳の誕生日。朝早くからピンクのワンピースを着てご機嫌なリリーと、水色のワンピースを着てちょっと不機嫌な私。そして白シャツに、茶色のズボンとジャケットをきちんと着込んだお父さんと、いつもよりおしゃれな深緑のワンピースを着たお母さんの四人で、村の最奥に佇む小さな教会へと足を運んだ。

この世界では五歳の誕生日に全員、教会に加護をもらいに行く。

一人一人異なる適性は七種類。火・水・風・土・緑・光・闇。これは遅くても三、四歳くらいには判明するらしい。

その中でも光の適性はかなり珍しく、数十年も出現していない。治癒や解毒が出来るため、聖女様と呼ばれて教会で大切に保護される。

緑は植物系全般、薬草関係から林業や農業にまで幅広く、仕事には困らない。農民のほとんどがこの緑の加護だ。

それなのに……。


あーあ、私、光の精霊の加護だったのになぁ……。

このままだと〝加護なし〟のハードモードな人生になるのかぁ。

リリーの双子の姉として異世界転生しただけでもハードだったのに。

こんなのおとぎ話の中だけでいいよ。

もうヤダ、悔しくて泣きそう。

私の加護を奪ったリリーなんて二度と見たくない。

あきらめて加護の部屋から出ようとすると「お待ちなさい」と背中から声をかけられた。

「あなたは入りなさい」と言われた緑の精霊さんが、微笑みながら私の中に吸い込まれる。

なにこれ……心があったかい……。

満たされた気持ちで立っていると「あなたには私の愛を」と光の女神様がふんわりと私を抱きしめてくれた。

ほかの女神様たちも「大丈夫よ」と次々に抱きしめてくれる。みんなとっても温かい。

「ありがとうございます、女神様。私、強く生きます」

女神たちの眩い光が一つ一つ消えていくと、再び床に魔法陣が青白く浮かび上がった。

加護の部屋は元の暗くて狭い静かな場所に戻り、私は目を凝らして誰もいないことを確認する。

そして、呼吸を整えてから加護の部屋をそっと出た。


「随分と時間がかかったな」

「……緑、だと思う」

「じゃあマリーは薬草を育てて、聖女様になるリリーを支えてあげるのよ」

笑顔の両親に頭をポンポンされて、気持ちの整理がつかないまま貼り付けた笑顔で心を殺す。

家族そろって村役場に報告に行くと、教会担当の役場の人が『綿毛の魔道具で隣町のラプイルの教会に報告書を飛ばしておく。教会の指示が出るまで口外しないように』と、とても面倒そうに言った。

大きな町の教会の白神官が、この遠く離れたルバーブ村まで光の加護の確認をしに来るらしい。

綿毛の魔道具は教会だけが使える手紙を飛ばす魔道具だ。

私たちも毎年いる『娘が聖女だ』と騒ぐ親や、単なる色の見間違いだと思われているのだろうな。

やんなっちゃう。

この日、私は初めて綿毛の先に手紙を付けて飛ばす所を見た。

しばらくそれを目で追って、遠くまで続く空をぼーっと眺める。

帰りにお母さんは、役場の人から〝光の加護の仮決定の書〟を受け取っていた。

夕食は、お母さんが手際よく作り上げた料理がテーブルを飾り『リリーが聖女になる』と両親共に大喜び。リリーもよく分かっていないけどはしゃいでいる。笑顔のお父さんに『聖女の姉なんて光栄じゃないか』と肩を揺らされたけど、心がどんどん凪いでいく。

元気のない私の様子を心配したお母さんに「少しお外を歩かない？」と後片付けが終わった後に誘われた。玄関を出ると、家の中からお父さんの嬉しそうな笑い声とリリーのはしゃぐ声が聞こえてくる。

正直言って驚いた。

お父さんがこんなにも、心から笑っているのを見るのは初めてだったから。


はぁー、夜のひんやりした風が肺に入って気持ちいい。

息の詰まりそうなあの場から解放されて、私は思わず大きく息を吸う。

「ねぇ、マリー。緑の加護はこの村じゃとても便利よ。聖女になるリリーと自分を比べて落ち込んでも仕方ないわ」

言ってることはあってるけれど、なんかもう慰める方向性が違うし。八つ当たりでお母さんのことが嫌いになりそう。事情を知らないから仕方がないけど、今はちょっと手負いの獣なのでごめんなさい。

口を開こうとすると、どうしても傷付ける言葉しか見つからない。

分かってる。お母さんは何も悪くない……悪くない、けど……。

震えないように、感情的にならないように、私は言葉を選んで声を絞り出した。

「なぜ、私が加護を貰っている時に、リリーを加護の部屋に入れたの？」

その責めるような質問に、お母さんはとても不思議そうな顔をする。

「だってあの子が、急に手を振りほどいて入っていっちゃって……」

そこまで言ったお母さんは『はっ』とした顔をした。

そうなのですよ。

あいつ、やりやがったのですよ。

無言で頷《うなず》くと、お母さんは上を向いて大きなため息を一つ吐く。

「そう……。リリーはワンピースだけじゃなく、あなたの人生まで奪ったのね……」

小さな声でお母さんは悲しそうに呟き、腰を落として膝《ひざ》を突くと、私をぎゅっと強く抱きしめてくれた。

「これ以上リリーとは一緒に暮らせません。私、おじいさまのところに行きます」

# 旅立ち

「どうか、娘をよろしくお願いします」

「私もお外で遊びたーい!!　マリーばっかりずるーい！　ずるーい！　うわーん。私もそっちがいいー」

ずっと不機嫌そうに眉間にしわを寄せていたお父さんは、騒ぎ出したリリーを抱き上げて無言のまま家の中に戻って行く。

冒険者さんに頭を下げていたお母さんも、慌ててそれを追いかけて行った。

両親との最後の別れの挨拶も邪魔されちゃったな……。

流石に涙も出て来ない。

振り返ることは、もうやめた。

加護の取得の日から数日後、私はおじいさまのいる王都まで、偶然この近くにいたS級冒険者『黒龍《こくりゅう》』に護衛をして貰うことになった。あっという間に旅が決まり、ほとんど着のみ着のままだ。

私の体力のことや山越えもあるし冒険者さんの都合もあって、半年から一年くらいの長旅になるらしい。

青く澄んだ空の下、私はカタカタと揺れる荷馬車の後ろにちょこんと座り、冒険者四人に囲まれて生まれて初めて村を出た。

凄い。S級冒険者だって。凄く貴重だって大人たちが話しているのを聞いたことがある。

うちの村じゃC級冒険者すらめったに訪れることもなかったのに。そんな彼らと旅が出来るなんて、夢みたい……。

そんなことを考えていたら、ふと前世の断片的な記憶が蘇《よみがえ》る。

私の中身は十四歳の中学生。母と二人の姉の四人家族。家族旅行の帰りの車で事故に遭い、気が付いたらこの世界に生まれていた。転生前の父親は生まれる前に亡くなって、初めて出来た父親に戸惑うことも多かった。

私がもっと素直なら、上手くやれたのかも知れないな……。

「マリーちゃん」

「あ、マリーでいいです」

「じゃあ、マリー。旅の心得を言っとくな……」

筋肉質で大きな体をしているリーダーのガインさんはお父さんと同じ年くらい。銀色の鎧とグレーのマントを身にまとい、赤い瞳でくすんだ赤い髪を短く刈り込んでいる。

腰に大きなロングソードをさしているから前衛の剣士さんかな。知識がないから適当だけど。

「……と、まぁ、長々と説明したけど要するに、勝手な行動をとらず、緊急時は無条件に指示に従えってこと」

そう言うと、厳《いか》つい顔のわりに、とても優しく微笑んだ。

「はい」

「もしかして旅は初めて?」

線が細くて背の高い青年、というか王子様系イケメンのハートさんが目を細める。

私と同じベージュの髪は少しくせ毛で、私と同じ青緑の瞳はとっても優しそう。白いシャツと紺色のパンツ。革の胸当てを着けて、目の色と同じ青緑の小さな弓を背負っていた。

子供が好きそうで良かった。

「はい、魔獣も見たことがないです」

「じゃあパーティー登録しておくか。レベル上がるし」

ガインさんが何かつぶやくと、目の前に淡く光る白い半透明のパネルが表示される。


パーティーに参加しますか？

「はい」「いいえ」


珍しさにわちゃわちゃしながら「はい」を選択するとパネルが消えた。

おお！

「見るのは初めてか？」

「はい、びっくりしました。S級冒険者の仲間になれたなんて、誰かに自慢したいです」

思わず「ふふっ」と笑うと「やっと笑ったな」とガインさんが、頭をゴリゴリ撫でてくれた。

ずっと笑顔のはずだったのに、と顔を触ると「顔が緊張で固まってたぞ」とシドさんにほっぺをつままれる。

イケおじじゃなければ許されないぞ、と心の中で呟きながら「ひゃなしてくだひゃい」とタップした。

シドさんはいぶし銀の装飾の凝った双剣を腰のホルダーに入れていて、水色のシャツに茶色のベストとズボンにブーツ。グレーの髪は後ろに束ね、茶色く鋭い目はすべてを見通す不思議な力を持っていそう。

「ははははは、シドさん。可愛いからって遊ばないであげてよ」

荷馬車の手綱を引くフェルネットさんは一番若く、未成年に見える。風になびく黒髪はサラサラで、黒目も濃くて女の子のように可愛い顔だ。全身が黒尽くめの服装でちょっと忍者っぽい。

だらだらと雑談をしていたら茶色くて丸くてモフモフした角の生えたウサギが数匹、横から飛んできた……。

……と思ったら既に息絶えていた。

全部、眉間に矢が刺さっていたからハートさんか……。

反応はやっ。

『ピコン』

ん？　頭の中で音がした。

これってレベル上がったのかな？

徐々に荷馬車が止まると、シドさんがさっきのモフモフを水魔法で洗浄し、私の後ろにドサッと積んだ。

「うわぁ。すごーい」

「初めて見る魔獣かい？」

ハートさんがモフモフを目でさして「弱い魔獣だから武器を装備すれば、マリーでも倒せると思うよ」とニヤリと笑う。

えっ、何その笑い。修行とか無理だからね。

運動苦手だし、頑張って薬草を育てるって決めてるし。


そんな私のために、さっそくハートさんが嬉しそうに風魔法で木を削り、木剣を作ってくれた。

こ、断れない。善意の笑顔って最強だな。

「……。ありがとうございます」

「遠慮するな。気に入ってくれて嬉しいよ」

ははは。見た目と違って強引なのね。


パチパチ、パチパチと焚火《たきび》の火の粉が夜空に高く舞い上がる。

夕暮れに森に入り野営場所を決めると、ガインさんがパッと魔法で薪に火を付けた。

流石S級。火を付けるのも魔法なの。

「そうか。嬢ちゃんの妹は光の加護持ちか」

「そうなのですよ。だからその教育費で、みなさんを雇って貰えたわけです」

イケおじのシドさんは私を〝嬢ちゃん〟と呼んで、渋い感じで焚火をツンツンしながら苦笑いをする。

「妹ちゃんはこれから家庭教師を雇って、魔法や読み書きや計算、礼儀作法などをみっちり勉強するんだろ？　大丈夫なのか？」

「父は村で一番頭が良いですし、その辺は全部、父が教えられますよ」

みんなが顔を見合わせて、反応に困った顔をしているのが分かった。

〝妹のお金を使い込んだ薄情な姉〟と思われているのだろうけど、こればっかりは仕方がない。

事実だし。罪悪感なんて全くないし。てへぺろ。


「ところでみなさんは、どのくらいのお付き合いなのですか？」

ガインさんが「今のパーティーは結成して五年くらいだな」と言うと、みんながうんうんと笑顔で頷《うなず》いている。

「シドさんは幼いハートと共に、ずっと旅をしててな。当時ソロだったS級仲間の俺に『いろいろ教えてやってくれ』ってハートを頼みに来てさ。そこに家出をして来たフェルネット少年がシドさんに弟子入り志願して、黒龍が結成された」

「はっ、はっ。ハートの教育は、私よりガインの方が向いていると思ってな」

「結成当初、みんなでドラゴンを倒したら一気に二段階アップでさ。フェルネットはC級になるし、俺はA級になるし、二人とも子供だったからビックリしたよ」

「二度とあんな目に遭うのは嫌だと言ったのに、今度は前より大きなドラゴンと遭遇してさ！」

みんなが大きな声で笑う。

「当時は怖いもの知らずだったから」と苦笑いのハートさん。

「お前さんたちならいけると思ってたがな」と余裕の笑みのシドさん。

「わはは。俺は幼いフェルネットを守るのに必死だった」とガインさんが笑う。

それを聞いたフェルネットさんが可愛らしく「僕はみんなを信じていたからね」とウィンクをした。

いいなぁ、戦友というか、仲間というか。信頼出来る誰かがいるって。

盛り上がっている所で悪いけど、たらいでお風呂に入ったし、ご飯も食べたし、眠くなったので勝手に寝袋を借りて寝ることにした。

「ガインさん。どうしたの？　さっきから考え込んじゃって」

フェルネットが俺の横に来て座り直す。

「ああ、すまん。ちょっとな。……なぁみんな、あの子どう思うよ？」

フラッと出た旅の途中で、特に決まった予定もなかった。

だがあまり早く王都に帰りたくもなかった。

だから普段なら断るこの依頼を格安で引き受けた。

しかし俺は、訳アリの可能性が高いと思って警戒をしている。

さっき本人にも確認したが、妹は光の加護持ちだけど自分は違うと言っていた。

親から聞いた話と一致しているが、何か引っかかるんだよ。

それに山越えだけのためにS級を雇うなんてありえねぇよな。時間だって、俺達に合わせていくらでもかけていいって言うし。

俺はみんなの意見を聞いてみることにした。

「妹ちゃんが聖女になるから、邪魔になった嬢ちゃんを追放したにしては金をかけすぎだ」

「お互いに、二度と会うつもりがない気がする」

「五歳児を一人で旅に出す親も親だけど、マリーも親を恋しがることもないし、なんかドライすぎるよね」

　いつの間にか寝入った小さなマリーを、みんなで見つめる。

「家族そろって聖女教育のために大きな町や王都に行くってのが、普通じゃないかな？」

「教会が妹を聖女教育のために王都に呼ぶなら分かるけど、なんでマリー一人が王都に行くんだ？」

「教育費の使い込みはいいとしても、助成金で学校のある町までの移住やその他の費用を賄うはず。それを使ってまで、何故マリーを妹から引き離す必要があったんだ？」

　謎は深まるばかりだ。

　どちらにしても、マリーが親に捨てられたのは間違いねぇ。

　おそらく本人も、それを自覚しているみたいだ。


「寂しい思いをしないように、俺たちがいろいろ面倒見てあげたらどうかな？」

　昔、幼い妹を失ったハートなら、そう言うと思った。

「そうだね。どうせ移動中は暇だしさ。賢い子だし、いいんじゃない」

　フェルネットは年も近いし、良い手本になりそうだ。

「じゃ、暇つぶしに少し鍛えてやるか。今からなら伸びそうだ」

シドさんが嬉しそうに笑う。

別れの時、両親は一度もマリーを見ることはなかった。

マリーも一度も振り返らなかった。


村の子供にしては姿勢も良くて礼儀正しく、身だしなみも言葉も綺麗。そして教育を受けた大人並みの会話と落ち着き。

あの子には他にも秘密がありそうだ。

依頼通りの楽な仕事ならいいんだけど。

# それぞれの覚悟

私たちは夕飯の獲物を探しに荷馬車を置いて森の奥に入ってきた。お昼過ぎなのに、深い森の中には光があんまり届かない。私のファンタジーな森の中のイメージとはだいぶ違う。

「待て」

そんな薄暗く足場の悪い森の中で、ハートさんが私を抱っこしたまま、みんなの足を止める。

「索敵に何か、引っかかったのか?」

「ああ。群れっぽいな。こっちに向かっている」

ガインさんが周囲を警戒して剣を抜いた。

その大きな剣は赤く燃えるように輝いて、刃には炎の模様が刻まれている。大きな体のガインさんの赤い髪と目にピッタリだ。

カッコいい。触ったら熱いのかな。

私一人がお気楽に、心の中ではしゃいでいた。

ハートさんは私を下ろして目を瞑《つむ》ると、真剣な表情で片手をこめかみに当てる。

私とハートさんの周りを囲んだみんなの顔に、緊張が走るのが分かった。

タダならぬ状況に私も耳を澄ませてみたけど、サワサワと風で葉っぱが擦れる音しか聞こえない。

「シルバーウルフの群れだ！　マリーはハートの指示に従え！　フェルネットはシドさんに付け！」

何かの影が動いたその瞬間、ガインさんの指示が飛ぶ。

一斉にみんなが静寂を切り裂くように動き出した。


「俺から離れるなよ」

ハートさんが剣を抜き、その場で立ち竦《すく》む私を自分の後ろに下げる。

私の前には、いつの間にか現れた一匹のシルバーウルフが牙をむいて威嚇していた。

毛は銀色に輝いて、目は吸い込まれるように青くて深い。とても大きくて美しい狼だ。

恐怖で顔が強張《こわば》り、悲鳴すら出ない。

私は怖くて、怖くて、縋《すが》るようにハートさんのズボンをぎゅっと掴んだ。

突然、私だけをじっと見ていたシルバーウルフが、何の前触れもなく襲い掛かってくる。

「ひぃ！」

ハートさんは片手で私を庇いながらシルバーウルフを剣で薙ぎ払い、ガインさんの後ろに私を連れていく。

ガインさんはあの大きな剣でバッサバッサと四方から飛び掛かるシルバーウルフを一掃し、さっきのシルバーウルフも一瞬で息絶えた。

ホッとして顔を上げると奥で装飾の凝った双剣を操るシドさんが、くるくると舞うように戦っている。その動きは、まるで木の葉が風の中にいるように自然で美しい。

飛び交うシルバーウルフとシドさんの動きが完璧にシンクロし、まるで舞台の上の一場面を見ているようだった。

その後ろでフェルネットさんがシドさんを盾に、空に闇魔法で巨大な魔法陣を描いている。

魔法陣が完成すると、頭上に飛び交うシルバーウルフが次々と吸い込まれていった。

シドさんはそれを見て、上を気にせずシルバーウルフの群れに飛び込んでいく。

フェルネットさんも自分を襲うシルバーウルフをシドさんに任せ、上から飛び掛かるシルバーウルフだけを受け持っていた。

すご……。シドさんの動きが優雅で軽やか。カッコよすぎるんだけど。

それに、お互いを完全に信頼し、任せ合っている様子が伝わってくる。

間近で見るＳ級冒険者の強さと連携に圧倒された。

ただ見ているだけで何も出来ない自分がもどかしい。　何か私に出来ることは……。


「あ！」

ガインさんの背後から、シルバーウルフが身を低くしてそっと近づいている！

助けなきゃ！

ハートさんの足元をするりと抜けてシルバーウルフの前に飛び出すと、ガインさんを守るように両手を広げた。

「マリー！」

その瞬間、シルバーウルフが私に飛び掛かり、それと同時にハートさんも私に飛びついた。

ハートさんに抱きかかえられながら、ゴロゴロとその場を転がっていく。

私たちは寝ころんだまま、追ってきたシルバーウルフに睨まれてどうすることも出来ない。

もうだめだ！

力いっぱいハートさんにしがみつき、私は歯を食いしばってその時を待った。

「何やってんだ！　ちゃんと守れ！」

一瞬のことだった。足元にはシルバーウルフが二つに切られて死んでいる。

ガインさんが切り捨ててくれたんだ。

ホッとして、私はしがみついていた手を緩めてハートさんを見上げた。

え？　血が！

ハートさんの腕からだらだらと血がしたたり落ちている。

「傷！　大丈夫ですか？　ごめんなさい！」

どうしよう、私のせいでハートさんが怪我をした。

こんな時でもハートさんは「マリーは無事か？」と私を気遣って微笑んでくれる。

立ち上がって腰に付けた入れ物から回復薬取り出して飲むと、みるみる傷が塞《ふさ》がっていった。

回復薬すごい……。

今度は私を両手でがっちり抱えたハートさんが、ガインさんを盾にしてシルバーウルフを避けて回る。

あっという間にシルバーウルフは全滅した。

みんながぜーぜーと肩で息をして座っている中、ハートさんは一人でシルバーウルフの牙を回収している。

私はみんなにお水を配り、気まずい雰囲気の中その場に座った。

「マリー。なんであそこで飛び出して来た？」

「ごめんなさい。ガインさんが危ないって思ったら、とっさに体が動いちゃって……」

「そうだよな。分かってる。ありがとな」

ガインさんは優しい声で私の頭をポンポンして「でもな」と続ける。

「マリーを庇いながら戦うのは案外大変なんだ。だからハートに任せた。そうしたら俺たちは前だけ見て戦えるだろ？」

「はい」

「旅の約束を思い出して欲しい。勝手な行動は取らない。緊急時の指示は絶対だと」

「はい」

「俺たちは自分よりマリーを守ることを優先する。俺たちは瀕死でも自分だけなら守り切れるからな。だから、たとえ目の前で誰かが死にそうでも、マリーは指示に従って欲しい」


そうか、私が勝手に動けば、みんなの命も危うくしてしまうんだ。

子供の私がＳ級冒険者を助けようなんて考え自体が間違いなんだ。

〝見殺しにするのは悪〟という前世での考え方を、捨てなくてはならなかったのに。

「はい」

私は心の底から反省し、ポロポロと涙を流して「ごめんなさい」と言うと、シドさんが背中をポンポンしながら抱っこしてくれた。

ガインさんが「悪い。少しきつく言いすぎた」と赤い頭を掻いて気まずそう。

「ちが……反省してるの……。心の底から納得出来たから……。きちんと説明してくれたから……」

泣きじゃくりながらそう言うと「そうか。偉いぞ」と嬉しそうにガシガシと頭を撫でられた。

ハートさんは「俺も護衛が未熟だった」としきりに反省し、フェルネットさんは「ははは。僕もよく怒られたよ。黙って見ているだけなんて、結構キツイもんだよね」と陽気に笑っている。


旅の約束は、みんなと私の安全のためだった。

ガインさんは無駄な指示は出さないのに……。


転生前は父親を知らない十四歳の中学生。キャンプですら未経験。

修学旅行気分で指示を軽く考えていたことを、心の底から反省する。

ガインさんの指示がどんなに困難でも、今後は絶対に従う覚悟を決めた。

うぅ。朝陽が眩《まぶ》しくて目が開けられない。昨日は泣きすぎて目が痛いし。

眠い目を擦《こす》り、なんとか寝袋から這い出て顔を洗うと、ハートさんが笑いながらタオルで顔を拭いてくれた。

「眠れなかったのか？」

「眩しいだけです」

目をしょぼしょぼさせてそう言うと、『目を覚ませ』と笑顔で木剣を渡された。

ははは。嫌でも目が覚めましたって。


カンカンカンと力いっぱいに、両手で木剣を叩きつける。

「ほら、ほら、踏み込みが甘いぞ」

笑顔が爽やかすぎて断れなかったハートさんとの朝練も、だいぶ慣れてきた。

朝の空気は冷たくて気持ちがいい。

ふふっ。隙あり！　カン！

汗を拭うハートさんを目掛け、死角から打ち込んだはずなのに片手で軽く返された。

むぅ、五歳児にも容赦ないな。イケメンに死角なしか。

それに、弓使いかと思ったら剣の方が適性武器なんだって。しかもあの弓、魔力を流すと大きさも変わるし自動で矢が出てくる魔道具だって聞いて驚いちゃった。魔道具なんて教会しか持っていないと思ってたのに。そう言えばガインさんの剣も火が出るし、あれも魔道具なのかな？


最近は、みんなが私にいろんなことを教えてくれてありがたいの。

世間知らずな上に日本の常識が邪魔をして、正直困っていたからね。

シドさんは移動中、この世界の読み書き、歴史、地理などを教えてくれた。

この国の名前は『シルバリーク王国』。世界中にある教会の本部がある、結構すごい国。

私の出身のルバーブ村は日本地図で言うと山口県辺り。王都が東京辺りにあって、箱根の山を越えたらすぐって感じらしい。高さ的には富士山かな。で、今は広島くらい。先は長い。

今夜はフェルネットさんが付きっきりで魔法や魔法陣について教えてくれると言っていた。

魔法陣とか中二心をくすぐられる。

でも、魔法が使えないとは伝えたけれど〝使えない〟の意味が言えていない。

どうしよう。


「マリー。先にステータスを確認したいんだけど、今、いい？」

「ステータス？」

朝食の後片付けを手伝っていると、フェルネットさんが手招きをして私を呼んだ。

ステータスってよくあるアレだよね。

出せませんよ。

田舎出身の五歳児に難しいこと言わないで。

「そっか、そっか、それもまだ教わっていないのかー」

フェルネットさんは、トコトコと歩いて行った私の頭を優しく撫でる。

後輩が出来たと喜んでいたフェルネットさんはとっても楽しそう。

「ステータスフルオープンて言える？」

「ステータスフルオープン？」

私の目の前に、横長の半透明のパネルが浮かび上がった。

マリー　女　5歳　光適性
Lv．5

S級冒険者「黒龍」所属
HP　80／80
MP　70100／70100

光属性Lv．1
闇属性Lv．1
火属性Lv．1
水属性Lv．1
風属性Lv．1
緑属性Lv．1
土属性Lv．1

緑の精霊
光の女神
闇の女神
火の女神
水の女神

風の女神
緑の女神
土の女神

お、レベルが上がってる。

て、なにこの加護……。

加護があっても適性が合わないと魔法が使えないのはこの世界の常識だから、この場合〝光〟だけは使えるのかな？

緑の精霊さんが入ってくれたことだけは分かっている。でも、この女神って……。

それともこれがデフォルト表示なのかな？

私がステータス画面を見て考え込んでいると、フェルネットさんが「どれどれ」と覗きに来た。

「なにこれ？」

フェルネットさんがステータス画面を見て固まっている。

異変に気付いたシドさんとハートさんが、画面を覗いて固まった。

「何やってんだ？　お前ら」

そう言いながら覗き込んだガインさんも固まった。


みんなが驚くということは、やっぱりデフォルトじゃないのか。

緑の精霊さんの加護は分かるのよ。もしかしてあのハグで女神さまが加護を？

と、私も含めて全員が、ステータス画面の前でしばらくの間フリーズした。


「マリー、これはいったいどういうことだ？」

「私も何が何だか、ていうかガインさん。顔が怖いですよ」

ガインさんの顔がめっちゃ近いし怖い。

パニックは私も一緒なんだからね！

「何か心当たりはないのか？」

落ち着き払ったシドさんが、ガインさんをベリッと剝がしてくれる。

とりあえず私は、加護の日にあったことを掻《か》い摘《つま》んで説明した。

「うーん。そんなことがあったのか……というか、ありえるのか。まいったな」

「女神の加護なんてものが存在するとは。そんな文献は見たことがない」

「女神の……他の属性の加護は使えるのかな？」

「それよりも、その化け物じみたＭＰの量はどうなってるの？」

うんうん唸りながら、みんなが私に注目する。

「し、知りませんよ？　私だって初めてステータスを見たのですから。それに、魔法のことは諦めていましたし。今の今まで、緑の加護しかないと思っていたのですからね」


「おい、寝たか？」

「ええ、ガインさん」

ハートがマリーの寝袋を確認すると、俺に向かって親指を立てた。

「はっ、はっ、はっ。昼間にみっちり鍛えてやったわ」

シドさんが悪い顔で笑っている。

みんなでマリーの教育をしようと決めた旅の初日の夜から十日ほど。

まさかマリーがこんな爆弾を抱えていたとはな。

ずっと感じていた違和感はこれだったのか。

「妹ちゃんが嬢ちゃんの加護を横取りしてたとはな……」

「光適性はマリーの方だったのか……」

本当なら近隣の大きな町に家族と共に移住し、教会学校に入学して友達と楽しく過ごした後、将来は聖女になる……。そんな未来を妹に奪われたと思ったから、覚悟をして家を出たのか。


おかしいと思ったんだよ。年齢の割に妙に大人びてるし。

たった五歳なのに、一度も親を恋しがらないのは退路《たいろ》がないからなのか。

加護なしだと思っていたんだし、そりゃあ無理にでも感情を殺して大人になるしかねぇよな。

マリーが「妹を憎む未来しか見えなくて、自分のために家族と離れて暮らす選択肢しかなかった」と苦笑いをしていたが、あれがあいつの本音だろうな。

まさに加護を奪って回った悪魔の子のおとぎ話だ。

自分が奪われた立場なら、あんな風に落ち着いていられるのか自信がなかった。


「やっぱり言い伝え通り、適性がなければダメなんだな。緑の精霊にも言われたって言ってたし」

「ああ。でもレベル表示もあるし、女神の加護なら他の属性も使えるのかもしれんな」

「やっぱりさ『適性のない属性魔法が使えるのか』が一番気になるところだよね」

みんな俺と同じ気持ちなのか、複雑な表情で静かに寝息をたてるマリーを見る。

「ま、不幸中の幸いだが適性のある光魔法は使えそうだよな。下手すれば全属性魔法も使えるようになるかもしれねぇ。ＭＰの量も桁違いだし、みんなでマリーを正しく育てないとだな。ははは。育て方を間違えて、悪魔にでもなったら責任重大だ」

最後は冗談半分で言ったのに、急にみんなが真剣な顔で考え込んだ。

え？　どう転んでも、少し抜けているあの子が悪魔になるはずねぇだろ。

ははは。みんな心配性だな。


でも光の加護があるってことは、教会学校に入学して聖女になる道も開かれたのか。

教会がまともに扱ってくれたら、の話だが……。

あの子は「魔法を使わずに薬草を育てる」と笑っていたが、将来のためにどちらに転んでも良いようにしてやらないと。

親が教育を放棄したのなら、今それが出来る立場の俺たちが出来るだけのことをするしかない。

それに、ちょうどここにはそれぞれのエキスパートがそろっていて、有り余る時間もある。


この日の話し合いで俺たちは、責任を持ってマリーを育てる覚悟を決めた。

# 訓練の始まり

移動中の荷馬車の上で、今日から魔法の特訓が始まった。

私のために、シドさんが魔法を教えてくれるんだって。私の魔力が膨大で、正しく扱えないと、とても危険らしい。魔法の暴発はよくある事故だと言っていた。


「集中しろ」

「はっ！」

私は待ちに待った魔法の訓練に心を躍らせ、ぴしっと額に手を当てて小さく敬礼をする。

「先ずは魔力を感じ取れ。何か違和感があるはずだ。それを手のひらに集め、小さな水の玉を思い浮かべる。これは初歩の初歩。体の中の魔力を動かす練習だ。一度コツが摑めたら、魔力を調整していろいろ応用出来るぞ」

初歩の初歩……。

こんな感じかな？　よく分からないな。

水は適性がないから無理な気もする。

「ほれ、集中しろ」

「はっ！　師匠！」

が、師匠はそう思っていないらしい。

えへへ。勝手に弟子入りをした。

だってグレーの髪を後ろに束ねてなんか渋いし、シドさんってまさに私がイメージする〝ザ・師匠〟って感じなんだもん。


……。

それにしてもマズいな。全く魔力の流れとか感じ取れない。

中二病の人の方がよっぽど魔力を感じていそう。

……そうか、中二か。

「この封印されし我が左手よ、力を開放し解き放て！」

私はそれっぽく、天に向かって勢いよく手をかざしてみた。

「コラッ」

パコン。

師匠に丸めた紙で叩かれて、ギロリと睨まれる。

ひぃ、遊んでませんって。集中、集中。

小さい水の玉。小さい水の玉。小さい水の玉。

こうなったら念仏作戦だ。


あれ？　なんだろう、これ。モワモワというかオーラというか、これ動く……。

もしかして、このモワモワを手のひらに集めれば……。だけど霧のように散ってしまう。

難しいな。でも、動かし方は分かった気がする。

そーっと、そーっと。

私は霧のようなモワモワを意識だけで手のひらに集めていった。

気を抜いたら霧散しそう。体中に変な力が入ってしまう。

それでも何とか手の上に、大きな綿菓子みたいに薄くてふわふわだけどモワモワが集まった。

あ、水。水を思い浮かべなきゃ！

バッシャー。

半日ほど唸っていたら、いきなり出来た！

師匠が慌てて水の壁で私を囲む。

「師匠！　水が、水が大量に出ました！」

「『出ました』じゃない。加減しろ、加減。危ないな」と師匠にまた丸めた紙で叩かれた。

ブーブー。やっとの思いで初めて水が出たのにぃ。

まさか加護の日から感じていた体中を覆うこの変なモワモワが魔力だったなんて。

それに体の中だけじゃなくて外にも溢《あふ》れてるし。

言葉で上手く説明出来ないけれど、魔力を動かすってこんな感じなんだ！

「マリーはこの後みっちり読み書きの練習があるから、体力を残しておけよ」

怖いくらいニコニコしているハートさんが、ずぶ濡れになった私の水分を風魔法で一気に飛ばしてくれた。

なにこれ、魔法ってすごい。

私は生まれて初めてこの身に受けた魔法に感動する。

魔法にはこんな使い方もあるんだ……。


「シドさん。マリーはどんな感じで？」

「ガインの見込み通り、適性がない属性の魔法も使えるようだ。だが、魔力量が多くて扱いきれていない。あのままじゃ危険だから、しばらくは目を離さずに付きっきりで見てやるさ」

シドさんが俺に向かってニヤリと笑う。珍しくやる気だな。どんなに魔法の弟子入りを志願されても全く相手にしなかったのに。

フェルネットがびっくりして大きな黒い目を丸くしている。

あいつは諜報や隠密に才能があったから、シドさんはそっちを伸ばしたんだが。

ふふふ。それとも鬼のシドさんでもやっぱり娘には弱いのか？


「ハート。お前の方はどうだ？」

「筋は悪くないけど……剣だけならどんなに頑張ってもC級止まりかな」

「なるほど」

C級なら自分の身を守るには十分か。

「弓は行けそうか？」

「体幹を鍛えたらそこそこは……。でも視力も普通だし、注意力が足りないから向かないかも」

うん。あいつの注意力は確かに皆無に近い。

「そうか。よし！　受け身と護身術メインだな。気配の読み方も鍛えてやってくれ」

「フェルネットはどうだ」

「おそらく覚えたら結界魔法は余裕かと。あの魔力量で押し切ればドラゴンですら破れないはずだよ。課題は展開の速さと別属性の重ね掛けの実験くらいかなぁ……」

「なるほど。よく分からんから任せる。あとは、王都に着いて恥をかかない程度のマナーのレッスンも頼むな」

マリーのこれからの教育計画を頭の中で考えていると、みんなが俺をニタニタと生暖かい目で見ていた。


「な、なんだよ」

「ガインさんが元気になって一番ノリノリ」

「マリーが可愛くて仕方ないんだな」

「こんな厳つい大男でも、娘には甘くなるもんだ」

さんざん揶揄《からか》われたけどお前らだって同じじゃないか。

ただ俺はマリーが心配なだけなんだからな。

子供だからすぐに熱を出すし、無理をするとすぐに弱るし。

まったく。俺は憎まれ役で十分なんだ。

「ガインさん、あれ」

いつものように荷馬車の脇を歩いていたハートさんが、ふいに丘の向こうを指差した。

はっきり言って、遠すぎて何も見えない。

ガインさんは警戒しながら、ハートさんが指さした方に歩いて行く。

「ん？　どうした？」

師匠が荷馬車の奥から出てきて私の横に音もなく座った。

「何か見えますか？」

「私はハートほど目が良くないからな。ハート、何が見える？」

「丘の向こうで荷馬車が不自然に止まっているように見える。索敵しても人が集まっているようにしか見えないな」

ハートさんは目を細めて遠くをじっと見つめている。

フェルネットさんが荷馬車を止めて、好奇心いっぱいに降りてきた。

「何、何？」

すると向こうの方まで歩いて行ったガインさんが、こちらに向かって手招きをする。

ハートさんは私を抱きかかえると、荷馬車を置いて師匠たちと一緒にガインさんの元まで歩いて行った。

「行商人の荷馬車が襲われているみたいだ。ありゃ盗賊だな。行くぞ。フェルネット、マリーを任せたぞ。ここでおとなしく待ってろ」

「はい」

ガインさんはフェルネットさんと私を置いて、師匠とハートさんと共に走って行く。

「ねぇ、マリー。ここからじゃ見えないし、もっと近くに行ってみようよ」

即行で言いつけを破るフェルネットさん。いいのかな？　でも、ちょっと気になるし。

ということで、フェルネットさんとふたりで姿勢を低くしながらガインさんたちの後を追った。


荷馬車には商人らしき夫婦と私と同じくらいの二人の小さな姉妹。それを守るベテラン冒険者が三人で、盗賊五人と戦っている。でも、盗賊の方が数も腕も上だ。とうとう両親に抱えられていた幼い姉妹が盗賊に奪われた。お父さんが必死に縋るが相手にもならない。

「あの盗賊に親父さんの命を取るつもりがないだけで、その気になったら一瞬だろうな」

フェルネットさんが厳しい顔でそう言った。


パーン！

次の瞬間、何かの破裂音と共に姉妹の首に当てていた盗賊のナイフがはじけ飛ぶ。

盗賊たちは焦った顔で、辺りをきょろきょろと見まわしていた。

パーン！　パーン！　パーン！

連続する破裂音と共に次々と盗賊たちの手に持つ武器がはじけ飛び、あっという間に丸腰に。

「シドさんだ。あれはシドさんの水の玉だよ。あそこまでの威力とコントロールが出来るのは、シドさんしかいない」

そこに冒険者たちが切りかかる。盗賊たちは素手で応戦しているが、それでも強い。

「あそこまで強いなら、盗賊なんてやめたらいいのに」

私の言葉にフェルネットさんも苦笑い。それでも数に勝る盗賊は、人質の姉妹を盾に優勢だ。

「後方支援だけじゃ無理そうだね。そろそろ出て来るんじゃない？」

フェルネットさんの予想通りハートさんが颯爽と出てくると、素手で盗賊を次々とうちのめしていく。

なにあれ、チートか。舞うような動きは、少し師匠に似ている。

その圧倒的な実力差に驚いた。

「あ、ありがとう!!」「助かった！」「死ぬかと思った」

冒険者たちはハートさんの前で膝を突くと、へなへなと崩れ落ちる。

「ありがとう。綺麗なお兄ちゃん！」「怖かったよー。ありがとう」

二人の姉妹がハートさんの足の片方ずつに抱き付いた。腰を抜かしていた両親も、顔を痣だらけにして歩いてくる。

「ありがとうございます。命の恩人です。なんとお礼を申していいのか……」

「いえ、通りかかっただけですので気にしないでください。女の子は特に誘拐されやすいから気を付けて」

「はい」

冒険者たちは立ち上がると、のびている盗賊たちを縄で縛って拘束していた。

「兄ちゃん、若いのにえらく強いな。俺たちは腕自慢のB級冒険者なのに、全く歯が立たなかったよ。あれを一人でやっちまうとはな……。もしかして聖騎士か？」

「いえ、ただの旅人です」

ハートさんはそれ以上追及するなとにっこり笑う。

あの笑顔は圧が強い。私もあの攻撃にどれだけ撃沈したか。冒険者たちも訳アリだと気付いて何も聞かずに頷いていた。

「マリー。そろそろ戻らないと、バレちゃうよ」

「ですね」

私たちが振り返ると背後には、腕を組んだガインさんがにっこり笑って仁王立ちしていた。

「「あ」」

違う。違うのです。フェルネットさんに唆《そそのか》されたのです。私、全然悪くない。

二人してガインさんに首根っこを摑まれ荷馬車まで連れて行かれると、鋼鉄で出来ているのではないかと思うくらいに硬い肩をいいと言うまで揉まされた。

むぅ。

二度とフェルネットさんの口車に乗らないんだから！

あの盗賊は賞金首のお尋ね者で『どおりでＢ級冒険者が苦労したはずだ』と師匠が笑っていた。

普通の盗賊ならＢ級冒険者で十分倒せるらしい。

依頼の横取りになったり、向こうの冒険者の評判に傷を付けたりしないようにと、後方支援だけで済まそうとしてたんだって。どの世界でもそういうのには気を遣うのね。

それはそうとして賞金首って……。

アニメやラノベでは聞いたことがあるけれど、ここは実物が存在しちゃう世界なのだ。

私が育ったルバーブ村は魔獣被害もほとんどないし、盗賊も寄り付かないくらい田舎だし、とても平和で治安は日本よりもずっと良かった。

今までも幾つかの村や町があったけれど、全部迂回してきたのは正解だったんだ。

私のような小さな女の子は誘拐されやすいし、光適性がバレたら面倒だから、知り合いのいる治安の安定した町まではどこにも立ち寄らないって言っていた。

ガインさんの言うことはいつも正しい。

初めての町フィアーカ

ホワン、ぴしゃ。

「あ」

「ほらほら、回復魔法の反対の手がおろそかになってるぞ」

家を出てから三カ月。魔法修行を始めてから二カ月くらいが経ち、水の玉はもちろん、他の属性もある程度は制御が出来るようになった。

異例の速さで上達してガインさんに褒められたのだ。てへ。

なので今日からは、片手に水の玉を持ったまま反対の手で回復魔法だって。

両手で魔法を扱うのは、魔力を無意識で制御する良い訓練になると師匠が言っていた。

師匠だけじゃなく魔力の多い人はみんな、暴発を防ぐためにその訓練をするらしい。

しかしすぐに失敗して、水の玉が弾け飛ぶ。

そもそも両手で別のことなんて、不器用な私に出来るのかな。

「師匠は回復しすぎて、私より長生きしそうですよね」

さんざん私に回復させられている師匠は、きっと擦り傷一つない。

ピシッとデコピンされたので、私は自分に回復魔法をかけた。

それにしても濡れた手に、秋の終わりの風は冷たく感じる。

ホワン、ぴしゃ。

「あ」

「光魔法は適性があるから扱いやすいはずなんだけどな」

『風邪ひくぞ』と私の手を拭きながら、ガインさんが首をかしげて師匠と話している。

「うーむ。扱いやすさが違うから、逆に大変なのかもしれんな」

いや、不器用なだけなのですが。


「そろそろ街につくぞ。ハートとフェルネットはマリーの護衛につけ。お前らは少し買い物して後から来い。シドさんと俺はこの町のギルド長と話もあるし、素材の売却など行うから荷馬車を持って先に行く。終わったら冒険者ギルドに集合な」

それを聞いたハートさんが荷馬車から降りて、私を毛布で包んで抱き上げてくれた。

私たちは町に入るため、外壁門の長い検問の列に並ぶ。殆どが大荷物を抱えた行商人だ。

冒険者の方が多いのかと思ったけど、山の麓《ふもと》の町だしそんなものなのかな。

日本地図でいうと静岡辺り。箱根の山……じゃなくて山越えまであと少し。

ここはこの旅で、いや、私が生まれて初めて訪れた、記念すべき町〝フィアーカ〟だ。

「ハートさん。久しぶりの町だからガインさんに内緒で観光していこうよ。僕、森とか自然はもう飽きた。都会派だし」

「観光って、何があるのですか?」

「絶景スポットや自然公園。あとは魔獣博物館があったはず」

「これだけ自然に囲まれてるのに自然公園はもういいや。博物館に直行だね!」

ガインさんに睨まれても全然気にせずに、師匠に手綱を渡したフェルネットさんは黒目をキラキラさせて列の先をつま先立ちで見ている。

それを見てハートさんは綺麗な髪をプルプル揺らして笑っていた。

キャンプ生活も長く続けば飽きるよね。気持ちはものすごく分かるよ。私も文明が恋しい。

「マリー。ステータスはフルで出しちゃだめだよ」

「はい」

『ステータス〝フル〟オープン』は加護まで表示されちゃうけど『ステータスオープン』なら出てこない。

でも、犯罪履歴とかは出ちゃうらしい。

気を付けなければ。

「後ろの方はステータスか、冒険者カードを用意して待っていてくださーい」

門番の人が行列に向かって繰り返し叫んでいる。

へぇ、冒険者カードでもいいんだ。

---

ガイン　男　28歳　火適性
Lv．288
S級冒険者「黒龍」所属

---

シド　男　42歳　水適性
Lv．462
S級冒険者「黒龍」所属

---

ハート　男　18歳　風適性
Lv．136
S級冒険者「黒龍」所属

---

フェルネット　男　15歳　闇適性
Lv．95
S級冒険者「黒龍」所属

---

マリー　女　5歳　光適性
Lv．8
S級冒険者「黒龍」所属

---

「これは！　我が国の英雄、S級冒険者の黒龍様じゃないですか。この町にはどのような用件で？」

「物資の仕入れと冒険者ギルドで素材の売却だ。こいつらは俺の仲間で、あれはあいつの妹だ。一泊したら町を出る」

どうせ犯罪履歴しか確認しないと言ってたけど、本当にその通りで光適性はあっさりスルーされた。

あー、ドキドキしたー。

私が止めていた息を一気に吐くと、ハートさんに笑われた。

一番混んでいる時間帯を選んだガインさんは流石だね。

ともあれ、フェルネットさんが成人していたとは驚きだ……。てっきり年下《十四歳未満》だと思っていた。


すごい、すごい、すごい。

門を抜けて人の流れに沿って町の中に入ると、そこは村と違って色んなお店がずらりと並んでいる！

あちこちで商人さんが大きな声で呼び込みをしているし、買い物客もいっぱいで目が回りそう。

ハートさんは観光しようとしたフェルネットさんを問答無用で捕まえて、町に入ると真っ直ぐに商店街にやって来た。はは。長男は苦労人だよね。

「ほら、ほら、こちらをご覧ください！　この魔法のランプは、一度だけ願いを叶えてくれるという伝説の品です！」

人好きのする笑顔の商人さんが大きな声で呼び込みをしていた。

その声に興味を示して、あっという間に人が集まっていく。

「魔法のランプなの？　それなら私が買います！」

私より少しお姉さんくらいの女の子が、飛び跳ねながら手を上げた。七、八歳くらいかな。

「焦らないで、お嬢さん。このランプは本物のそっくりの偽物です。でもこんなに安い値段で夢が見られますよ！」

「安くしてくれるならたくさん買うわ！」

「違う、違う。そこは『半額にしてくれるなら一つ買うわ』だ」

商人さんが慌てて女の子のセリフを訂正する。

その会話を聞いたお客さんからドッと笑いが起きた。

ははは。サクラだったのか。お父さんの商売のお手伝いかな。

サクラ役の女の子はみんなに「頑張れー」と応援されて照れくさそう。

なんだかんだで飛ぶように偽物のランプは売れている。

「ハートさん。魔法のランプなんて存在するのですか？」

「うーん。あると思えばこの世界が少しだけ楽しくなるのかな」

フェルネットさんも、嬉しそうに魔法のランプを一つ買っていた。


「僕、喉が渇いた」

「シドさんがいないし、その先に中央広場の水飲み場があるから寄って行こう」

ハートさんは商店街を外れて中央広場に向かう。そういえば、水は師匠がいるから飲み放題だっ

たな。ここは私が出した方がいいのだろうか……。

「マリーは大丈夫？」

「はい。私が水を出した方がいいですか？」

「ダメ、ダメ。人前で魔法は禁止ってシドさんに言われているだろう？」

「てへ。そうでした」

そうだった。師匠の監視がない時や、人前で魔力を使うのは禁止だったのだ。暴発も危険だし、加護の問題もあるし。

中央広場の石で出来たシンプルな水飲み場には子供たちが群がっている。フェルネットさんが並んで水を飲むとすぐに戻って来た。

「ここは冷えるな。寒くないか？」

「はい」

「ふふ。後でみんなとご飯を食べるから、買い食いはもう少し我慢な」

露店の串焼きに目が釘付けの私を見て、ハートさんが吹き出した。

くぅ。

店頭から立ち上る湯気と煙が誘うような香りをまき散らし、勝手にお腹が鳴っちゃうんだもん。がっつり濃い味の、あったかお肉が食べたいよ。

「どこに向かっているのですか？」

「冒険者ギルドだよ。その前に冬の準備をしたいんだけどね」

「僕は新しいブーツが欲しい！」

ハートさんは商店街の古着屋さんに入ると、冬に向けて私のあったかコートや冬服を沢山選んでくれる。

そういえば冬服は持って来なかったな。

最近は寒いと毛布を被っていたし。

「あらあら、これなんかとってもお似合いよ。こんなに可愛らしい女の子は初めて見たわ。お兄さんとそっくりね。二人とも青緑の綺麗な目をしてるのね。こっちの黒い髪の子も、肌が綺麗でとっても可愛いわ」

流石、商人さんは口が上手いな。

フェルネットさんは女の子みたいに小首をかしげてにっこりした。小悪魔か。

とても社交的そうなお店のお姉さんは、ちょっとお高そうなムートンコートを私に当てて「可愛い、可愛い」と大げさに褒める。嫌でも気分が良くなっちゃうじゃない。

「かっこいいお兄さんとお揃いでこれはどう？　きっと似合うから着せてみて」

グイグイ来る営業トークにハートさんも苦笑いをしている。

「マリー、見て、見て。これなんかどう？」

フェルネットさんが黒い忍者の衣装みたいなものを着て、殺陣《たて》のような動きを見せる。

中二か。でも面白いからブカブカだけど一緒に着ちゃう。

「カッコよくない？」

「うふふー。ちょっとカッコいいかも」

奥でフェルネットさんと手刀で戦っていると、お店のお姉さんに捕まえられてハートさんが見立てた服に無理やり着替えさせられた。

「お姉さん。今、妹が来ている服と、ここに置いた服を全部ください。弟の服はいりません。その黒いブーツだけ一つください。履いて帰ります」

ははは。フェルネットさんが頬を膨らませても、ハートさんはにっこり笑うだけ。

「二人とも、奥を片付けておいで」

「「はーい」」

フェルネットさんと二人で服をたたんで元に戻していると、お姉さんが「明るくて良い子たちね」とハートさんに笑いかけていた。


それにしても……。ハートさんてモテモテだな。

そこにいるだけで女子がみんな振り返る。

青緑の目とベージュの髪色が同じだし、私は妹だと思われているのかな。

そこでポンと手を打った。

「ん？　どうした？」

「いや、ハートさんと私って、目の色と髪の色がお揃いじゃないですか。だから家族に見えるので、ガインさんはハートさんを、私の護衛につけたのかなって」

「そうだよ。この町は比較的に治安がいい方だけど、この間みたいな子供の誘拐はとても多いからね。余程のことがない限り、S級冒険者の家族なんて誰も手を出さないよ。ふふ。俺たちは貴族より厄介だからな」

「なるほど」

で、さっきの〝お兄さんそっくり〟か。

脳筋っぽいガインさんが最初からそこまで考えていたとは、さすがS級のリーダーだ。

「僕もハートさんの弟って思われたよ。ね、お兄ちゃん！」

ハートさんは無視して歩いているのにフェルネットさんは気にしない。新しいブーツを履いてご機嫌だ。メンタル強いな。

「マリー。魔法のランプに僕たちみんなが家族になれるようにお願いしたよ」

「ははは。師匠とガインさんも、ですか？」

「うん！」

本当にそうなったら面白いのにな。だれがお母さん役になるのだろう……。いや、深く考えるのはやめておこう。

買い物を終えた私たちは冒険者ギルドにやって来た。

入り口に冒険者ギルドと彫られた看板がぶら下がっていて、まさにそれっぽい。

私はワクワクしてハートさんを見ると「きっと待っていると思うよ」と微笑んで、開け放たれた傷だらけの大きな扉をくぐった。


おおお、ここが本物の冒険者ギルド！

村役場のなんちゃってギルドとは雰囲気も規模も全然違う。

興奮して見上げると、高い天井から吊るされた幾つものランタンが揺れていて、壁にはギルドの紋章の描かれた大きな旗が垂れ下がっていた。

部屋の中央に大きな木製のテーブルが幾つも並び、冒険者たちが集まって話をしている。彼らの談笑する声が部屋に響き渡り、活気に満ちた雰囲気を作り出していた。

奥のカウンターでギルドの職員が依頼を受け付けたり、報酬を手渡したりしている。

そして壁際の大きな掲示板にはモンスター討伐、荷物運搬、探索依頼など様々な依頼がランクごとに張り出されていた。

その前で新たな依頼を探す者、仲間を募る者、成功報告をする者。彼らの表情は真剣で情報が絶えず交換されている。依頼の詳細、過去の経験、戦略など、冒険者たちは互いに知識を共有し、助け合っているみたいだ。その中には新人冒険者もいて、先輩たちからアドバイスを受けていた。


「大丈夫だよ」

部屋の中を見回して、いつのまにかギュッと手に力を入れて摑まっていた私をハートさんが安心させるようにポンポンしてくれる。

訓練してる時のあの鬼畜ドSがめっちゃ優しい……。

私が恐ろしく失礼なことを考えているとは知らずにハートさんはずんずんと中へ入っていった。

「ねぇ、その子、あんたの娘かい？」

「ああ」

色っぽいお姉さんに声をかけられてちょっとドキドキ。

「見ない顔だな色男。ソロか？」

「いや。仲間が先に着いているはずなんだが……」

私に笑いかけるちょっと強面のおじさんにソワソワ。

「お！　ハート！　こっちだ！」

師匠の声に、突然みんなが私たちに道を開けてくれる。

私は聞き覚えのある声にホッとした。

やっぱり知らない人の中はちょっと怖い。みんな顔が怖いし。


「あんな青年がS級?」「本人は違うだろ」「どうせ顔だけだ」

ざわめきの中で聞こえてくるのは若くてイケメンへの嫉妬の声ばかりだ。

どこの世界も変わらないな。ハートさんも苦労するね。

つい、生暖かい目でハートさんを見てしまう。

ただでさえS級って珍しいから注目されちゃうのだろうな。

そんな人たちを長期で護衛に付けるとか、お父さんは幾ら払ったのだろう……。

私は意外と大切にされていたのかもしれないな。

苦手意識で歪んで見ていたことを少しだけ反省する。


「買取査定に、もうちょっとかかりそうだ」

みんなは一番奥の椅子に座っていた。

あからさまにホッとした顔をしていたのか「怖かったか?」とガインさんにニヤニヤされる。

ふん。無視だ、無視。

「これを買って来たの。見て、見て」

フェルネットさんが袋に入れて貰った私の冬服をギルドの机に並べると、師匠が子供服を珍しそうに手に取った。

いや、こんなところで恥ずかしいってば。

「このワンピースなんか淡い紫で、嬢ちゃんに似合うじゃないか。あったかそうだしな」

「今着ている白いセーターも似合ってるよね」

「このムートンコートはセンスがいいな。ハートが見立てたのか？」

「子供は成長が早いから、大きめをって。お店の人に……」

ハートさんが照れくさそうに笑っている。

お店の人にすっかり家族と思われて、私とフェルネットさんの子育てアドバイスをされていたことは黙っておこう。


「とりあえず腹減ったなぁ」

「僕、お肉が食べたい。先にこの町の友達のところに情報収集に寄ってから、後で合流するよ」

「おう、フェルネット、頼むな。ところでハート、美味そうな店はあったか？」

「ええ、マリーが涎《よだれ》を垂らして見ていた肉屋の近くに、ちょうど良い所があったよ。フェルネットも覚えてるだろ？」

「ちょっ！」

あいている椅子に私を抱えてゆっくりと座りながら、ハートさんがとんでもないことを！

「ははは。覚えてる。あそこだね。じゃ、ちょっと行ってくる」

フェルネットさんは笑いながら出て行った。

涎《よだれ》なんか垂らしてないもん。

他の冒険者もたくさん聞いている中、恥ずかしくてハートさんの胸に顔をうずめた。

# リリーの加護の確認　ルバーブ村のお母さん目線

「逃げないで、リリー。ちょっとこっちに来て欲しいの」

「きゃははは。かーさん、こっち、こっちー」

朝からご機嫌なリリーは私から逃げ回ってとっても楽しそう。

マリーが出て行ってから、リリーの世話を一人で見るのは本当に大変。今日は着替えをさせるだけでも一苦労だった。機嫌がいい日は特に言うことを聞いてくれない。今までマリーはどうしていたのかしら。

「お願いよ。ちょっとだけ、ね？」

「どうしようっかなー」

はぁー、もう、嫌。

身軽に箱の上やテーブルの下をすり抜けて家の中を逃げ回るリリーを見て、その場にへたり込んでしまう。

つい先日、リリーの〝光の加護の仮決定の書〟を担保に夫がS級冒険者を雇った。向こうも旅の途中ということで相場よりかなり安かったとはいえ、うちにとっては大金だ。

この〝光の加護の仮決定の書〟が認められたら、教会から冒険者ギルドに直接お金が渡ると役所の人に説明をされた。

だからそのために、白神官様がこの村に派遣されると、そう聞いていたのに。

なのに、まさか王都からこんなに遠いルバーブ村に、あ、あの教皇様が……。

偶然、山のこちら側にいたとはいえ、教皇様が直接うちに来るなんて。

役場の人から手紙を渡された時は手の震えが止まらなかった。

だって教皇様は国王様より偉いお人なのに。

失礼がないよう徹底的にお掃除をしなくては。

やることがいっぱいだわ。こんなことで、へたり込んではいられない。

「ほら、『ステータス』だけでも言ってみて。『ステータス』って」

「やだー。言わないよーだ。きゃはは！」

それなのに、家の中を逃げ回るリリーを捕まえることすら出来やしない。

リリーに『ステータスフルオープン』を教えたくても、それまでにこっちが倒れそう。

もう、本当にどうしたらいいの。

頭を抱えて泣きたくなる。でも……。


「ちょっと止まって。『ステータスフルオープン』って言って」

「きゃははは。やだよーだ」

こういう時、いつもマリーがなんとかしてくれたのに……。

今になって、あの子のありがたみがよく分かる。

マリーを我慢させる方が楽だったから、マリーに頼めば上手くいったから、だからつい、リリーを甘やかしてしまった。

どうしてこうなっちゃったの。

今更後悔しても遅いけど、もう少しリリーに我慢を覚えさせればよかった。


「もう！　言わなきゃご飯抜きよ？　『ステータス』って言って。ね？」

「どうしようかなー。えへへ。ご飯くれたら言ってあげるかもー」

まるで私が困るのを見て、楽しんでいるかのよう。

満足そうにご飯を手でぐちゃぐちゃにして食べているリリーを見て、憂鬱《ゆううつ》になる。

まだ五歳だし、これからきちんと育てれば……。でもどうやって……。

「リリー。ご飯を食べ終えたら練習よ」

「んー？　あとでー」

「さっき約束したじゃない！」

「へへへー。眠くなるかもー」

心を鬼にして強く言ったのに、ご飯をあげても言えるようにはならなかった。

どうしたらいいのか分からない。つい、見て見ぬふりをしてしまった。


あれからひと月が経ち、教皇様と大勢のお付きの白神官様、外には聖騎士団の一行と、思った以上に大掛かりで我が家にやって来た。

初めて見る教皇様はたっぷりの白い髭を生やし、高貴な存在感を放つ白いローブを身に纏い、顔立ちは穏やかで深い知識と経験を感じさせる茶色い瞳は人々を安心させる力があるように思えた。

私たちとは生きる世界が違う。一目見てそう思った。

「そんなにかしこまらんでも良い。この子が〝光適性〟の子じゃな」

「はい」

教皇様は優しく目を細めて、部屋の隅で遊ぶリリーを見る。

言わなくちゃ。

「名前はリリーで間違いがないか？」

「はい。間違いありません」

教皇様は満足そうに微笑んでリリーに近寄ると、目線の高さまで腰を落とした。

目の前で膝《ひざ》を突く教皇様に、白神官様たちがオロオロと慌てている。

「こんにちわ。リリー」

「……」

お願いリリー、いい子だから返事をして。

私の願いは届かず、リリーは教皇様にチラリと緑色の目を向けると、何も言わずに私の後ろに逃げて来た。

不安そうに私の手を握るリリーを、私はそっと抱き寄せる。

「ふぉ、ふぉ、ふぉ。すまんのう。怖がらせるつもりはなかったのじゃが」

どうしよう、ちゃんと言わなくちゃ。

私は怖くて必死に頭を下げた。

「申し訳ありません！　あの……。実は……この子『ステータスフルオープン』が言えなくて……」

「なぁに。幼子《おさなご》じゃ、珍しくもないわい。ほれ、アレを」

私の杞憂をよそに教皇様がそう言うと、近くにいた白神官様が札のようなものをリリーの額に押し当てた。

---

リリー　女　５歳　緑適性
Ｌｖ．１
ＨＰ　10／10
ＭＰ　５／５

---

光属性Ｌｖ．１

---

光の精霊

---

「こ、これはいったいどういうことじゃ?!」

教皇様は適性と違う加護に驚き、とても困惑している。

「殺して奪ったあのおとぎ話じゃあるまいし。いったい何があったのじゃ」

「違うんです。双子の姉が加護を受けている最中にこの子が誤って部屋に入ってしまい、お互いに逆の加護を受けてしまったんです」


〝認定書〟が貰えなければ、冒険者ギルドにお金が下りない。

そうなったらマリーは知らない街で一人きりになってしまう。

どうしたらいいの。

マリーと喧嘩をして意地になった夫は、入る予定だったお金《リリーの助成金など》を全部マリーの旅の費用に使ってしまった。

『これであいつに借りはない。どこで野垂れ死んでも関係ない』とあれからずっと怒っている。

我が家には他《ほか》にお金のあてはないし。

マリーのためにも絶対に、リリーの光の加護を認めてもらわなければ。


「嘘は良くないぞ。そんなことはありえん。精霊は間違えんのじゃ。どうやったのか分からんが、これが意図したことなら、光の加護の横取りは死罪じゃぞ?」

死罪……。

リリーがマリーにどれだけのことをしでかしたのか、人から言われて実感する。

死罪という罪の重さに気が遠くなりそうになるが、この子のためにもしっかりしなくては。

「それで、双子の姉はどこじゃ。その子を連れて来なさい」

「それが……ひと月ほど前に、王都にいる私の父の所へ一人で向かわせました」

「なんじゃと?! 王都に五歳の子供を一人で？ おぬし、それでも母親か?!」

教皇様はキッと鋭い目で私とリリーを見ると、上を向いて息を吐いた。

「教皇様」

お付きの白神官様がお茶を差し出すと、教皇様はそれを断り大きく息を吐いている。

「はぁ。すまぬ。あまりに酷い仕打ちでの。つい取り乱してしまったようじゃ」

私はただ、ただ恐ろしく、この場が無事に乗り切れるよう心の中で祈っていた。

「おぬしはなぜ妹が姉から加護を奪うのを止めず、そして姉を一人で家から出したのじゃ？」

「実は……」

それからは、リリーの〝マリーの物が欲しくなる〟癖のこと、今回の件で『リリーとは一緒に暮らせない』とマリーが望んで出て行ったことを、精一杯に説明をする。
「……うむ。それで光適性用に出る助成金や教育費を全部、その冒険者を雇うために使ったと
……」
「はい」

教皇様がお付きの白神官様に目配せをすると、一人が外に消えていった。

「困ったことじゃ……。その話が本当なら一刻も早く旅を中断させ、教会で保護した方が良いじゃろう。将来は魔法を使わない高度な職に就くことも優遇出来るが、どうする？」

「お願いします！　マリーを保護してください！　……それで、この子……妹の方はどうなるのでしょうか？」

腕の中で無邪気に笑うリリーを見下ろし、お腹の芯から震えてくる。

この子だけでも守らなきゃ。

「拘束せよ……と言いたいところじゃが、まだ五歳。未熟さゆえの過ちであるから今回は不問とする。娘可愛さにおぬしが唆《そそのか》したのであれば、母子共に死罪にするところであった。だが、金もすべて姉の方に使ったようじゃしな。加護のないその子を支えて正しく育てることが、おぬしの償いだと思って精進せよ。読み書きを教えて魔法に頼らず生きられるようにしてやるのじゃぞ」

私を見る教皇様の鋭い目は、嘘や脅しで死罪を口にしたとは思えない。

でも、この場は乗り切れたようで安心した。


「今後はリリーが姉と接触することを固く禁ずる。故意に破れば無条件で投獄じゃ。よいな？」

ああ、マリーとは二度と会えなくなるのね……。

仕方がない。命が助かっただけでも感謝しなきゃ。

「はい」

「加護を奪ったことが公《おおやけ》になれば庇い切れん。絶対に漏らすでないぞ」

「はい」

「もし、このことが公になれば、加護を奪う行為の抑止のために、最も処分の重い〝関係者全員の死罪〟になることもある。肝に銘ずるのじゃ」

関係者全員の死罪……。

なんてことなの。あんな状態の夫には相談出来ないし、一人で抱えきれるのかしら。

その後はマリーの性格や今までの生活の話を聞かれるままに答えていると、先ほど一人で出て行った白神官様が戻り、私を見ながら教皇様に耳打ちをした。

何かしら。恐ろしい。

「よし、冒険者ギルドには確認が取れたようじゃ。そちらの支払いはこちらでしておいた。とにかく、今すぐにどんな手を使っても姉を保護するのじゃ！」

教皇様が立ち上がり白神官様たちにそう告げると、椅子を丁寧にテーブルに押し込んだ。そしてそのまま大勢を引き連れて家を後にする。

ああ、良かった。

ドアが完全に閉まると体の力が抜けていき、私はリリーを抱きしめたままその場に崩れ落ちた。

これでマリーは無事に保護され、きっと最高の教育を受けられるのだわ。
リリーも私も死罪にならずに済んだ……。
本当に良かった。

私はきちんとしまわれた椅子を見つめ、マリーが夫の前で決別宣言をしたあの日を思い出した。

# 家族との決別の日

加護を奪われたとマリーから打ち明けられた後、私はすぐに夫にその話をした。夫はマリーから直接話を聞くと言い、リリーが寝た後にマリーを起こして連れて来させた。そして今、無数の傷が刻まれている木製のテーブルの正面に夫が座り、私とマリーは並んで座っている。

「お父さん、お母さん。私はここを出て、おじいさまの家から学校に通いたいと思います」

「母さんから話は聞いたが、もう一度詳しい話をお前の口から聞きたい」

テーブルの上で組んだ夫の手は、怒りで少し震えていた。

「リリーが私の加護を奪いました。話の通じない妹に奪われ続ける人生が嫌になり、出て行くことにしました」

無表情のマリーがきっぱりと言い切る。

今まで夫には絶対に逆らわなかったのに、今日は態度も口調も表情も違う。まるで悪魔憑きみたいに別人のよう。

「リリーは五歳なんだぞ。これから先も奪われ続ける人生だなんて大げさな。あの子も大人になれば変わる」

「私も同じ五歳なのですよ。なぜリリーの成長を待つ間、私だけが一方的な理不尽を受け入れなければならないのですか？」

「あ?!　なんだと！」

「違いますか？　一番の絶望は、あなたたち二人がリリーの理不尽な行いを許容しているからです」

マリーが小さく呟く。

「！」

夫は言葉に詰まっているけれど確かにそうね。

昔から妙に大人びているから忘れていたわ、マリーも同じ五歳なのを。

「とにかくだめだ。リリーの面倒を誰が見るんだ。これから教育も始まるのに」

「私はリリーの親でも教育係でもありませんよ。それに私がこの件を公表すれば、どうなるかお分かりでしょう？」

「親を脅すとはなんて娘だ！　立場をわきまえろ！」

夫は悔しそうに机をドンと強く叩く。

マリーは少し驚いて肩を上げたけれど、顔色も変えずにまっすぐ夫を見ている。

凄い子だわ。隣にいる私だって怖くて震え上がっているのに。

マリーが大きく深呼吸をしてみせ、夫にも落ち着くよう促《うなが》しているのが分かる。

私もつられて深呼吸をした。

「光適性に出るお金を、ほんの一部でいいから私のために使ってください。そのお金で冒険者を雇います。それで貸し借りなしで、私は口を噤みます。お互い、悪い話ではないですよね？」

貸し借りなんて夫のプライドを揺さぶるような言い方。

マリーはワザと夫を挑発しているように見える。

でも、そのお金でリリーがしたことへの償いになるのなら……。

「あなた。行かせましょうよ。助成金は本来マリーの物じゃないですか。一部で良いって言っているんですし」

「だったらマリーを一人ここに残して、家族で王都に行く方が現実的じゃないか」

「あの子《リリー》に旅は無理ですよ。それにマリーをここに一人で残して行くなんて、それこそ世間体が」

……。マリーへの償いだと思って」

「償いってなんだ！　緑の加護があるんだろ？　王都じゃなくても生きていけるじゃないか。だいたいリリーの教育費はどうするつもりなんだ。リリーを学校に行かせるための助成金はどうするんだ。マリーの我儘で奪っていい金じゃない！」

「お父さん!!」

マリーがピリッとした鋭い声を出した。

興奮する夫の息が一瞬止まる。

「適性のない加護を持っていても使用出来ないのですよ。お忘れですか? 〝加護なし〟と同じなのです。そしてそれはリリーも同じですよ」

リリーも?

マリーはニッコリと微笑んだ。

そうだわ。適性のない加護を持っていても使えないのは常識じゃない。

じゃあリリーは、光の加護があるのに……。

「なんてことなの……」

私は思わず両手で顔を覆う。

「まさか、リリーは聖女になれない……。じゃあ、お、お前はどうすれば気が済むんだ!」

「私はおじいさまの所に行きます。このまま一緒に生活をすれば、私はリリーを憎み、親を憎み、世の中を恨むでしょう。私のためにも離れて暮らすことを……。いえ、一生リリーと会うことがないように約束してください」

興奮する夫とは対照的に、マリーはとても冷たく淡々と話す。

私はマリーからの絶縁宣言に絶句した。

この子は本来、聖女様になって明るい未来が待っていたのに。

まさか姉妹二人とも、普通に生きることが出来なくなるなんて。どうしてこんなことに。

最後の『私はリリーを憎み、親を憎み、世の中を恨むでしょう』は、おとぎ話の悪魔の子のセリフを似せてワザと言ったんだわ。

加護なしの悪魔の子が、子供を殺して加護を奪っていく……。

あの怖いおとぎ話を思い出して、夫も言葉を失っている。

「マリー……」

「……。もういい。出て行け。冒険者の手配はしておく」

マリーはいつものように椅子を丁寧にテーブルに押し込んで、姿勢よく部屋を出て行った。


ガシャン!!

ドアが閉まると夫は木のコップを思い切り投げつけた。

マリーにも音が聞こえたはず。

あの子は気が強いから平気でしょうけど、これが気の弱いリリーだったらと思うと……。

昔からマリーはこうだった。普通の子なら泣くようなことでも泣いたりしない。一度マリーに聞いてみたことがある。あの子は「要求のたびに泣くのは疲れるから」と笑っていた。

確かにそうなんだけど、リリーと違いすぎて『普通の子供』がよく分からなくなる。
私は出て行くのがマリーの方で良かったと、心のどこかでホッとした。

あの日私たち家族はマリーに捨てられた。
プライドの高い夫には耐えがたいことだったみたい。
あれからマリーの話は出来なくなり、最初から存在しなかったように暮らしている。
ただ、リリーが大きくなった時、このことをどう伝えればいいのかしら。

# 初めての宿屋

「いやぁ、ガインさんの訳アリ予感は的中だったね。もう追っ手がいるとは。僕の友達の情報は固いよ」

「流石だな。フェルネットの情報網は」

ガヤガヤとした町の食堂で、私は幸せいっぱいに串焼き肉を頬張って大人たちの話を聞いている。

お店の中は活気に満ちて、壁には色とりどりの地元の野菜や新鮮な肉が吊るされていた。厨房からはおいしそうな匂いが漂い、他のお客さんたちは大きな声で楽しそうに話をしている。

お店のお姉さんが椅子の上に子供用の台を置いてくれたので、一人で座れるのがなによりも嬉しい。

それに野営の時は塩味ばっかりだったから、少し甘いバーベキュー味は感動だわ。パンも焼きたてふわふわでおいしいし、私の好きなサクランボっぽい香りのキルエジャムまである。

もう、最高！

「〝光適性〟ってだけで死に物狂いで誘拐しに来る奴らがいるのに、更にあの加護がバレたら……」

〝光適性〟ってところだけ、声を低くするハートさん。

むしゃむしゃ、もっ、もっ、こくこく。ぷはー。

「……実際はこんなんなのにな」

ただ食べて飲んでるだけなのに、目尻のしわを深くしたイケおじ顔の師匠にデコピンされた。

なんて理不尽な。

「で、どうするよ」

「遠回りだが今後も町には寄らずに街道を避けて森を抜け、春まで待って、通常ルートを使わずに山越えを目指すのが一番じゃないかな？」

「物資調達と素材の売買はどうすんだ？」

「通りすがりの行商人を捕まえればいい」

おお、このスープ、チーズ味だ。

ん――。あったかくてめっちゃおいしい。

幸せ顔で味わっていると、突然ガインさんに手を取られた。

「むむむ。そっちにも同じスープがあるのですから、これは渡しませんよ」

スープを守るように腕で隠すと、ガインさんはプハッと笑って「さっきからスプーンの持ち方や食べ方が上品すぎて、目立つんだよ」と手を放してくれる。

「お前の家は上級貴族みたいにマナーがうるさかったのか？」

……。確かにうちの村じゃ棒で刺すだけでスプーンや箸などなかったし、リリーはまだ幼いから手《て》摑《づか》みだったな。

でも……カトラリーが目の前にあれば使うし……。

つい手元のカトラリーに目を落とす。

「……。これが普通だと思っていました」

「フン。まぁいいや。野営の時は手で食べられるんだし、少しは周りに合わせて食べろ」

周りをよく見ると座る姿勢は悪くスプーンはかき回すだけのもので、飲む時はお皿に直に口をつけて飲んでいる。

なんて器用な……。

私は言われた通りに周りを見て、同じように食べた。

旅の約束を思い出す。

これも私に必要なことなのだ。

それはそうと、むふふ。このスープはおいしいな。

「ふぅ、お先にお風呂を頂きましたー」

食事が終わって宿屋に着くと、私は部屋のお風呂でさっぱりしてみんなのもとに戻って来た。

既にみんなは自分のベッドの上でくつろいでいる。

私が目で自分のベッドを探していると、ガインさんはひょいっと私を抱き上げてハートさんのベッドにドスンと置いた。

「ちょっと、ちょっと！　私、れっきとしたレディなのに、なんでハートさんと同じベッドなの？」

「五歳児が何言ってんだ。お前なんか頭数《あたまかず》に入るわけないだろ。まだベビーベッドを使う気か？　嫌なら床で寝ろ」

「な！」

「嬢ちゃんはハートが嫌なら誰がいいんだ？」

師匠がニヤつくのがムカつくな。

……。

全員の顔を順番に見回して、……結局、一番無難なハートさんのベッドに潜り込んだ。

フェルネットさんでも良かったけど、そうなるとフェルネットさんのこと好きみたいに言われそうだし、年が近いし……。それに師匠とガインさんを避けただけで、と消去法でハートさんにしてごめんなさい。

ハートさんもお風呂に入って戻って来るとベッドに潜り込んで「寒くないか？」と優しく笑う。

くぅ、このイケメンが。

「ねぇハートさん。ハートさんのあの弓の魔道具は、いつも同じ矢が出て来るのですか？」

「んー？　違うよ。思い浮かべた矢が出て来るけど、強力な矢は魔力を沢山使うんだ」

「何それ、凄い。私も弓使いになりたいです」

「どうかなぁ。マリーにはちょっとまだ早いかも。引く力が足りないし」

「筋肉的な理由ですか？」

「ふふ。面白いことを言うな。そうだね、筋肉的な理由だね」

なるほど。筋トレしたら貸してもらえるのか。

「あの弓はハートさんの目の色に光りますよね。私もああいうカッコいい武器が欲しいのです」

「あはは。カッコいい武器か。フェルネットみたいなことを言うんだから。変な影響受けてない？」

「うふふ。中二はみんなそんなものです」

「ちゅうに？」

「ふふん。中二です」

ハートさんとお布団の中でどうでもいい話をしていたらいつの間にか寝落ちして、あっという間に朝になった。


「ほら起きろ」

「さ、寒い……」

いきなりガインさんに布団を剝ぎ取られて、気だるげで色気ムンムンのハートさんの横で、涎だらけでボサボサ頭の私は、寝間着のまま洗面所に放り込まれた。

……なんか扱いが雑なんだけど。

犬だってもっと優しくされてるわ。

顔を洗って、髪をとかして、買って貰った冬服に着替えてから部屋に戻ると、ハートさんだけが待っていてくれた。

優しく抱きかかえられて宿屋の食堂に向かう。

うん、ガインさんには少しだけ、扱いの改善を要求しよう。

「おはようございます」「おはよう」

「おはよう」「ふふん。顔洗ったか?」

朝のあれはなかったことにして、ムカつくから優雅ににっこりと笑って挨拶をした。

子供用の台がない時はハートさんが私を膝《ひざ》の上に座らせてくれる。

「これか?」

「はい。あ、あのパンも」

ハートさんがパンをナイフで切って、ベーコンとサラダを挟んで渡してくれた。

「わぁ、おいしそう」

思わず笑顔でハートさんを見上げると、少し長い前髪を揺らして優しく微笑んでくれる。

えへへ。ガサツな誰かさんとはぜーんぜん違う。


「完全に親子にしか見えないな」

「ああ、親子だわ」

「ほのぼのだね」

……。

確かにお父さんに少し似ているような気もするけど、ハートさんの方が断然若い。

ハートさんが「せめて兄妹で」と苦笑いする。
確かに。

## 彷徨う追っ手たち　聖騎士団長とギルド長目線

「団長！　ここにも立ち寄った形跡がありませんでした」

「下がっていい」

「はっ！」

くそっ。どうなっているんだ、どの町や村にも立ち寄っていない？

こっちはもう三カ月も捜しているんだぞ。もうすぐ冬になるのにどうなっているんだ。

出発した村から順番に小さな村や町に寄って聞き込みをしているが、一向に手がかりが見つからない。もうじき山の麓のフィアーカの町に辿り着いてしまう。フィアーカのすぐ近くには薬草の栽培をしているロガリア村があるが、あそこには宿屋はないし、実質フィアーカが最後の町だ。

教皇様直々《じきじき》の命《めい》なのに。

足取りが摑めないということは、既に殺されているのだろうか……。

いや、誘拐の線も考えられる。

しかしS級の冒険者がそう簡単にやられるか？

いや、待て、待て。考えすぎか。気持ちだけが先走ってしまう。

次に向かうフィアーカの冒険者ギルドで詳しく聞いてみるか。


「あの、聖騎士様。何かあったのでしょうか？」

馬上から見下ろすと、いつの間にか、みすぼらしい老人が近くに来ていた。危ないな。

目で「誰だ？」と部下に合図すると「この村の村長です」と呟込みながら教えてくれる。

なるほど。

「いや、人を捜しているだけだ。余計な詮索はするな」

おどおどした仕草の村長はペコペコと頭を下げて、遠巻きにこちらの様子をうかがっている住民の群れに戻っていった。教会の紋章の旗を付けた馬に怯えているのか。


「行くぞ」

「はっ」

我々は次の町に向かって馬を走らせる。

「団長、フィアーカで今日は宿泊しましょうよ」

「そうだな。誰か先に行って向こうの教会に連絡しておいてくれ」

「はっ！」

返事をした副団長は、あっという間に走り去って行った。

なんでだよ。お前が行くことないのに……。

まぁいいか。

「なぁ、小さな子供連れで町に寄らず、旅をすることなんて可能なのか？」

「どうですかね。子供は我慢が利かないものですし、すぐに体調も崩しますし。野宿だけで過ごすなんて慣れた男でもきついですよ」

そうだよな。

うちの六歳の娘はふかふかのベッドとぬいぐるみがなければ寝られないし、母親の姿が見えなくなれば泣き出すし。親もいない魔獣が出る森で、むさくるしい冒険者と野宿だけの長旅なんて無理だろう。

我々は既に追い越してしまったのか？

もしかしたら子供が家に帰りたがって引き返している途中なのかもしれないな。

一度あの村に戻るか？

いや、冒険者たちが子供をどこかに預けて親を迎えに行っている可能性もあるのか。

まずは子供じゃなく冒険者の方を捜した方が早いかもな。

そこまで考えたところでフィアーカの町が見えてきた。

外壁門の前で副団長が大きく手を振っている。

あいつ、いつも楽しそうだよな。

「団長ー!!　手がかりがありましたー!」

「お!　何!!　行くぞ!」

期待で焦る気持ちを抑えながら、外壁門まで馬を走らせた。


「門番、先ほどの話を団長に伝えろ」

「はっ。五歳くらいの女の子を連れたS級冒険者の一行《いっこう》が少し前に訪れました」

「どんな様子だったか?　子供はベージュの髪に青緑の目か?」

「そこまで詳細に覚えてはいませんが、とても美しい顔立ちのお嬢さんで驚いた記憶が。そっくりな兄に抱きかかえられて、とても仲が良さそうでしたよ」

「そっくりな兄?」

「ええ、背の高い」

そっくり……。人違いなのか?

私たちはあまり目立たぬよう、外壁門の門番に馬を預けて町の中に入った。

「だから、知らねーって」

「いや、Ｓ級冒険者の黒龍がこの町に来たことは、門番に確認出来ているんだ」

「来たことは来たけど、素材を売ったらすぐに出て行ったし、聖騎士様が知りたいようなことは何も知らねーよ」

ギルド長にＳ級冒険者の足取りを聞いてみたが、何も知らないようだ。


「団長！　彼らの宿泊先が分かりました！」

部下の一人が別の手がかりを見つけて来たようだ。

もうここでの収穫はなさそうだな。

「邪魔したな」

出て行こうと踵《きびす》を返すとギルド長が「見つけてどうすんだ」と私の背中に殺気を向けた。

「連れていた娘を保護するだけだ。冒険者の方には用はない」

それだけ伝えて冒険者ギルドを後にする。

聖騎士の中でもトップである第一聖騎士団の団長のこの私に、あんな殺気を向けるとは……。

冒険者を少し舐めていたようだな。


「ギルド長、ガインさんの予感が当たりましたね」

「ああ。こっちにも追っ手が訪ねて来るかもしれないってな」

「どうしますか？」

「信用出来る支部のギルド長に事情を話して、フェルネットに情報を集めてやれ。とにかくギルドの威信にかけてもこの依頼を無事に成功させるぞ」

「すぐに手配します」


まったく、何がどうなってんだ。

しかもあの聖騎士、Ｓ級冒険者レベルの腕だ。

やり合ったらあいつらでも数で負ける。

あのクラスの聖騎士があれだけの数で動くなんてあの娘、何者なんだ……。

あいつらは親からの正式な依頼で動いてるのに、なんでコソコソしなきゃならないんだよ。

金は全額支払われているしキャンセルも入っていない。

たとえ教会が相手でも、Ｓ級案件で下手打てるかっての。

# 強化合宿

辺境の村を出たのは夏の終わりの暑さが残る季節だった。

今じゃ紅葉も落ちて本格的な冬がそこまで来ている。

一度山の麓《ふもと》まで着くと、ガインさんが少し戻った南の森で強化合宿を行うといきなり宣言をした。

「「「強化合宿?!」」」

「そうだ。迂回しながら冬の山越えは、マリーの体に負担がかかるから無理だ。シドさんとも話したがマリーの魔法訓練、ハートの護衛訓練、フェルネットの戦闘訓練を冬が終わるまでやることにした」

「嬢ちゃんは私が付きっきりで見てやるからな。お前さんたち二人はガインの下で訓練だ」

春まで師匠とマンツーマンか……。絶対にサボれないな。

意外にガインさんは私に甘いのに。

「ここならそう遠くない場所に町や村がある。万が一の時はギルドを頼れ。後のことは俺たちに任せて、お前たちは自分の身を守ることを最優先しろ。いいな」

「「はい」」

パパ（ガインさん）とママ（師匠）にそう言われ、子供たちは頷《うなず》くしか選択肢はなかった。

私は買って貰ったあったかコートを脱いで、師匠にやる気を見せる。

こうなったら異世界無双が出来るように強くなってやる！


「そんな恰好で寒くないのか？　体調が悪くなったり、熱が出たら早めに言えよ。無理は禁物だ」

「はい。春が来るまでってことは、三カ月くらいここで野営ですか？」

「そうだな。だから嬢ちゃんには、先に土魔法を覚えて貰うとするか」

師匠の茶色い目がキラリと光った気がするけど、見なかったことにしよう。


しばらくして師匠が土魔法を優先したわけが分かった。

「ほれ、ほれ、土魔法で土に魔力流し込め。イメージが大事だ。湖面のような平らな足場を想像して魔力を広げて土を操れ」

「はっ！」

「それに、壁が出来たら個室が出来る。個室はいいぞ、温かいし。想像するのは垂直の壁だ。曲がれば倒れるから気を付けろよ」

「はっ！」

キビキビと敬礼をしながら、魔法で地面の土をグニグニと変形させる。

むぅ。これはどう考えても建設要員じゃないか。

でも、フェルネットさんから空調結界を習い、寒さに震えなくなった今でも確かに壁は欲しいな。

三カ月間もここに留《とど》まるならプライバシーは絶対だ。

平らな地面と壁は女の意地で死ぬ気で覚えた。

女子中学生をなめないでよね。プライバシーのためならなんだってするし。


「広めの風呂やキッチンが欲しいな。テーブルや椅子もあれば最高だな」

ガインさんが出来上がった個室の壁を叩きながら、あれやこれやと贅沢なことを言い出した。

「よし、嬢ちゃん。まずはお湯を作ってみるか」

むむ。それが出来ても絶対に異世界無双は出来ないよね。

給湯器扱いだよね。

今まで通り師匠が水を入れて、ガインさんが温めればいいのに。

……とは言えないな。みんなを守る二人には魔力を温存して欲しいし。

くぅ。こうなったら意地だ、生活魔法をとことん極めてやる。

「ところで、二属性の魔法って混ざるのですか？　同時発動は片手ずつで、やっていましたが」

「空調結界では出来てたんだし。大丈夫じゃない？」

フェルネットさん？　今なんて？

いつの間にかそんな高度なことをさせられていたとは。

恐ろしい。


簡単そうに言うから少し試してみたけれど、魔法が混ざる気配がない。お水はちっとも温まらないし、手がふやけて来た。

土魔法は慣れたらイメージだけで何でも作れるようになって、こっちは意外に楽しい。個室の他に、お風呂やキッチン、テーブルや椅子にベッドまで出来てかなり快適だし。

緑魔法で野菜やイモを成長させるのは一瞬だった。お洗濯も水魔法で出来るし風魔法で乾燥も。

なのに……。

「お湯ムズイ」

左右の手で別々に魔法を使うのと、魔法を混ぜるのじゃ難易度が違うなぁ。

空調結界みたいに風と火を重ねて温風なら……。

試しにやったら、かざした手からいきなり温風がぶわーっと出て来て驚いた。

「おおお。師匠！　師匠！」

「ほう。やっぱり属性が違う魔法でも、混ぜることが出来るのか。結界魔法が出来たから、もしかしたらと思ってたんだ」

「え？」

「結界は魔法陣を重ね合わせればなんとかなるが、魔法はそうじゃないからな。半信半疑だったが流石だ嬢ちゃん。はっ、はっ。こりゃ驚いたな」

師匠……！　感心している場合じゃないですってー。

出来るかどうかも分からない、終わりの見えない修行とか怖いのですが。

「結界の魔法陣を重ね合わせるのも、とても苦労したのですけどね」

「当たり前だよ。僕以外に出来る人を見たことがないもん。マリーなら多属性でも重ねられるかなって試して貰ったら、出来たんだもん。あの時はビックリしたよ」

「な！」

そうだよね。

フェルネットさんも結構そういう適当人種だよね。

師匠とフェルネットさんってそういう所が本当にそっくり。

出来て当然みたいな感じで言われたから、この適当親子の性格を忘れていたわ。

それでもお湯は難しかった。

何故なんだろう。

これからはお風呂にお湯を入れる作業を、師匠とガインさんの代わりにやることにした。だけどムズイな。ガインさんは簡単そうにやってたのに。

「へぇ、珍しいな。マリーにも苦手なことがあるんだな」

「今までが出来すぎなんだ。少しは苦労してくれないと困るわ。はっ、はっ、はっ」

水の中で火が消えちゃうイメージがあるから？　もしかしてそういうこと？

そうか。前世の常識が邪魔をしているんだ。でも、原因が分かれば……。

「絶対に出来るようになって見せます！」

私が力こぶを見せると師匠が頭をポンポンして「そんなに頑張らなくったっていいんだ」と目を細める。

だって、少しでもみんなの役に立ちたいんだもん。

# フェルネットの強化合宿

「フェルネットは合宿中魔法禁止。今日の夕食を取って来い。ハートはフェルネットの護衛な」

「「はい！」」


嘘だろー、僕だけ魔法禁止って。

近接戦は苦手なんだよなぁ。

「大丈夫だ。俺が盾になる。まずは攻撃だけに集中しろ」

「あい」

ガックリ肩を落として歩いていると、ハートさんが背中を叩いて励ましてくれる。

ハートさんが護衛で助かった。

ガインさんに、この合宿で魔法に頼らず、戦える力を付けろって言われたけどさ。僕は魔術師だから、カッコよく魔法でぱぱっと倒したいんだよなぁ。肉体派と一緒にしないで欲しい。

でもあんな小さなマリーも頑張っているし……。

「そもそも冬の山で魔獣って、簡単に見つかるのかな」

「待ってろ、索敵する」

ハートさんが歩きながら索敵を始める。

兄弟子《あにでし》が有能すぎてツライ。

僕は歩きながら索敵すると酔うので絶対やらないし、やりたくない。

全属性共通スキルだけど、まともに出来る人なんてひと握りだし。ハートさんがおかしいんだ。

ん？

ハートさんが僕の肩を叩き、遠くを指さす。

目を凝らしてよく見ると、一角ウサギだ。冬毛に覆われて可愛いな。ペットにしたいけど、あいつら怒るとすぐに凶悪顔に変わるからな。

素早くナイフを投げて……。

「流石にウサギだけじゃ怒られちゃうよね」

三匹のウサギを血抜きして木に吊るすと、ハートさんが苦笑いをする。

だよなぁ。

少し離れて、今度は自分で索敵を開始した。

これだけ血を撒いたんだ、あいつが来るはず……。

「ハートさん」

僕が指さした方向に、血の臭いに誘われたアイスワイバーンが数匹飛来する。

氷の彫刻のように美しく、翼は凍てつく風を運び、息吹は周囲の空気を一瞬で凍らせる。彼らは冬の使者だ。肉は臭みがなくてガインさんの好物だし。

ふふん。あれなら文句ないよな。

あ！　しまった！　今は魔法が使えないんだった！

魔法が使えたらあんなの余裕だったのにー。

下手に近づいて飛ばれたら詰むし、ナイフなんか投げても氷の翼に弾かれる。

もー、どうすりゃいいんだよー。

頭を抱えてチラリとハートさんを見たけど、手を貸すつもりはなさそうだ……。

だよな。

せめて闇の隠密《おんみつ》系魔法が使えたら、近接でも何とか行けそうなんだけど……。

うーん。どう考えてもダメだ。

やっぱりこの方法しか思いつかない。

よし！　ナイフ投げちゃえ。

「おおお。大量じゃないか。すごいぞフェルネット！　しかもアイスワイバーン！」

ガインさんが良くやったと褒めてくれる。

マリーも見てるし、子供みたいに頭ゴリゴリするの恥ずかしい。

複雑な表情で担いでいたウサギやアイスワイバーンを下ろすと、ハートさんが笑いながら僕を小突く。

「ガインさん。フェルネットを褒めるのは少し早いよ」

「はは？」

「おお？　ちょっとあっちで詳しく聞こうじゃねぇか」

「あははは？」

僕的にはハートさんが護衛にいる利点を最大限に活用したつもりだけどやっぱり怒られた。

『お前は人を上手く使うことだけは天才的だ』と。

確かにアイスワイバーンを全部倒したのはハートさんだけどさ。

呼び寄せたのも、囮《おとり》になって逃げまわったのも、全部僕の作戦なのに。

翌日は隠密系魔法の使用だけ許されたので、喉元《のどもと》に一刀《いっとう》で狩れた。

ふん。魔法が使えるならこんなの余裕だし。

そもそも魔術師に魔法禁止だなんて、剣士が素手で戦うのと同じだって抗議したら認められて助かったよ。

思い返したら、なんかガインさんの思惑通りな気もしてきた。

でも冬に毎日肉料理が食べられるのは、僕のおかげなんだから。

# 閑話　教皇様と第一聖騎士団長　団長目線

「光適性の姉はまだ見つからんのか？」

第一聖騎士団長の私に対し、教皇様の声が少し硬い。

「申し訳ございません。第一聖騎士団総出で捜させておりますが、足取りが全く……」

ここ教皇様の執務室の天井はとても高く、白と金色の複雑なデザインが施されている。それぞれの模様が織り成す美しい景色は、まるで天空を見上げているかのようだった。

壁には暗い木材で作られた本棚が並び、収められている本はすべて貴重な聖典の原本で、その存在自体がこの部屋の重厚さを物語っている。

部屋の奥にある執務机には金色の教会の紋章が施され、教皇様はそこに座って強い眼差しで私を見た。

「光適性の娘じゃぞ。聖女のいない隣国や、どこかの貴族に先に捕らえられたら大変じゃ。急ぐのじゃ」

それはそうなんですけどね……。

確かに子に光適性が生まれる可能性があるし、珍しいからって闇で高く取引されそうだけど。

でも、聖女にならない子供を教会が抱え込む必要があるのか？

通常業務に支障が出ている状態だし……。


「ですが第一聖騎士団は教皇様の直轄部隊《ちょっかつぶたい》。あまりお側《そば》を離れるわけにはまいりません」

「構わん。うるさくて敵《かな》わんが第三が代わりについておる。それにこのことは、おぬしと副団長の二人以外に口外出来ぬからな。お前たちは子供を捜せ」

あの脳筋の第三聖騎士団か。

武闘派しかいないから警護に向かないのに。

教皇様は我々第一ではなく何故、第五の隠密部隊を使わない。

確かにあいつらのやり方はえげつないが、それなりに結果は出すし秘密は漏れない。

いや、冒険者を拷問にかけたら、それはそれで問題か。

「……かしこまりました」

すぐに立ち上がり執務室から出て廊下を速足で歩くが、全く良い手が思いつかない。

我々から逃げてるのか？

あのＳ級冒険者は教会を敵に回す気なのか？

それともＳ級ならではの山越えルートがあるのだろうか？

山の中を捜索しても、焚火の跡一つ見つからなかった。流石に第一だけでは限界がある。

どこの村にも町にもいないのに、まさかまだ山に入っていないということはないよな？

そもそもなんで山越え程度にＳ級が四人なんだ。

子供連れでもＢ級一人くらいで十分なんじゃないのか。

意味が分からん。


「あ！　団長。教皇様はなんと？」

「急いで子供を捜せと」

副団長が気の毒そうな目で私を見る。

お前に労《いた》わられるくらい気の毒に見えるのか。

「もう一往復《いちおうふく》しちゃいます？」

もうため息しか出ない。

# 閑話　山越え前の最後の休養　ガイン目線

「待望の春が来た。明日出発することにする。安全に山越えが出来るために作られた通常ルートを使わないから油断するな。その前に今日は麓のここで最後の休養だ。各自そのつもりで」

マリーと旅を始めてから既に半年ほどが経った。

これまで子供たちの修行をメインに旅をしてきたが、それにしてもマリーの成長の速さには目を見張る。これから先、あいつはどこまで成長するのだろう。

「ねぇマリー。あっちにお風呂を作ってよ」

「はーい。今、師匠に食事用のテーブルと椅子を頼まれているので、その後にやりますねー」

「おーいマリー。結界を忘れてるぞー。こっちが先だー」

「はーい」

マリーが両手を上げると、恐ろしいほどに強化された結界の魔法陣が空に浮かび上がる。こんなに強力な結界なんて、何十年も修行した師匠クラスの闇魔法使いでも無理だろう。おかげで見張りの必要もなくなり、朝までぐっすりと寝られるようになった。

豊富な魔力を惜しげもなく使い、土魔法で個室や家具や風呂を作り、水と火魔法を合わせてお湯を張る。そして水魔法で洗濯をして、火と風魔法を合わせて一気乾燥させちまう。

あいつは料理が出来ないから、男共は魔獣や野菜や果物を採取し捌《さば》いて料理する。

はっきり言って宿屋に泊まるより快適だ。

「じゃあ先にお風呂を頂きますので、お料理の方はよろしくお願いしますねー」

マリーは本当に手がかからない子供だ。

我儘を言って困らせたり、言うことを聞かずに手を焼くことなど一度もない。

いつも俺たちの役に立とうと一生懸命だ。

あんなにいじらしい姿を見たら、何でもしてやりたくなるに決まってるだろう。

これからあいつは風呂から出て夕飯を食べ、フェルネットにいろいろな魔法陣の仕組みを教わる。

朝起きたらハートから剣術や体術などを教わり、移動中は荷馬車の上で歴史や地理、読み書きなどを手が空いている者から教わっている。

シドさん直伝の魔法はかなり繊細に扱うことが出来るようになり、今じゃ大人顔負けだ。

これだけ手応えのある生徒なら、教えている俺たちが楽しくて仕方がない。ついあれもこれもと欲張って熱が入っちまう。

もともとの頭が良いらしく読み書きはすぐ覚え、計算なんて最初から俺たちより出来た。

あいつが熱を出した時に薬草の調合をしてやったらとても興味を示すので、バカ高い調合の本を苦労して手に入れて、みんなでプレゼントしてやったら大喜びしていたな。

気が付くと、いつも夢中で読んでいる。薬草の知識もだいぶ増え、あっという間にちょっとした調合や薬草採集の手伝いも出来るようになっちまった。まだ五歳なのに。


「嬢ちゃんは最近果物ばかり食べるから、体調が心配だな」

「塩味に飽きたのかも。マリーは肉好きだし、フルーツソースを試しに作ろうかな」

「そういえばこの間、新しい魔法陣が作れるようになったんだけどさ……」

料理しながら子供の話をする父兄たちに、俺も含めて妙に笑えてきた。

「ははは。そろそろあいつの好きなチーズ味のスープが出来上がるぞ」

「じゃ、並べるか」

最近はマリーが作った木のフォークやスプーンやナイフで、マナーの勉強もさせている。

あいつが将来聖女になることを選択したら、そういうのも必要になってくるだろう。

フェルネットは上級貴族の息子だし、貴族の知識や礼儀作法は全部任せている。

懐かしいな。昔、小さかったハートにも『上級貴族の護衛が出来るように』と厳しくやらせたな。

いつまでも自分を責めるハートは必死すぎて痛々しかった。マリーを通してあいつが柔らかくなってくれて本当に良かったよ。


はぁ、とうとう明日から山越えか。

近付く別れに寂しいというか、まだ終わりたくないというか……。

ふと見ると風呂から出たマリーが背伸びして、小さな体で配膳の手伝いをしていた。

あーあー、危なっかしいったらありゃしない。

仕方がない、俺も手伝ってやるか。

# 山越え開始

「旅人さん。これで全部でしょうか？」

「ああ、すべてだ」

「いやぁ、荷馬車ごと売って貰えるのはこちらも助かりますよ。その背負うタイプの大きなバッグは？」

「こっちはいい。これは俺たちの手荷物だ」

「手荷物？　これはまた、随分と大きいですね。ではお気を付けて、素敵な旅人さん」

行商人のおじさんは私達の荷馬車を息子に任せると、手を振りながらゆっくりと走り去った。

安全な通常ルートの山道を使わずに山越えをするため、ガインさんは荷馬車や不必要な荷物を山から下りてきた行商人に売ったのだ。

それでみんな、昨日の最後の休養で荷馬車の整理をしていたのか。

それでもまだみんなの荷物が多いと思っていたら、フェルネットさんが『任せて』だって。

何かと思ったら私に闇属性の空間魔法を展開させて、そこに荷物を放り込む。

ちょっと？

体験したことがないくらい、魔力がぐんぐんと減って行くのですが？

恐ろしいほどの魔力を使って全部の荷物が入ったけど、なんか複雑。

異世界アニメではおなじみのアレも、この世界じゃ全然お手軽じゃない。私の桁外《けたはず》れの魔力量がなきゃ胸ポケット以下だわ。おそらく普通の人には使えない。


「あはは！　やっぱり使えた！　いやー、試してみるもんだよねー」

「フェルネット……。いや、お手柄だな」

「お前さんの、楽することだけに回る頭は流石だな。はっ、はっ、はっ」

フェルネットさんが何故か得意げなんだけど。

やっぱりなんか腹立つな。

「手荷物がないからマリーを抱えて歩けるね」と、すっかり私のお守担当になったハートさんが抱き上げてくれる。

わーい、楽ちん、楽ちん。

あははは。空間魔法ばんざい。

「マリー、危なくなったら自分に結界を張って、自分の身を守れよ」

「はい！」

もうあの時みたいに、私を守りながら戦うリスクはかけさせません て。

「マリーのおかげで荷物がなくなったから、山越えは最も険しい最短ルートに変更しようと思う。みんなの意見は？」

「いいね！」

「追っ手をまくには最適だ」

「かなり時間も短縮出来るし、その分、嬢ちゃんの修行に使えるな」

みんなが楽しそうに私を見る。

いや、それはどうなのかな。

「よし。この先は今までの森の魔獣と違って、強い魔獣が多く生息する。みんな注意を怠るな」

こういう時のガインさんは男前だ。

普段はガサツだけど。

「マリー。索敵は出来るか？」

ハートさんにそう言われて頷《うなず》くと、抱き上げられたまま前に少し習った索敵魔法をやってみた。

でも生命反応が多すぎて、どれとエンカウントするのか分からないんだよね、これ。

「いることはいるのですが、虫とか鳥とか小動物が沢山いるので、どれが警戒すべき生体なのか判断がつきません」

「そっか。じゃあ今日からは、毎日索敵をしながら移動ね。そのうち不必要な情報をカット出来るようになるから」

「はい！」

なるほど。

こういうのも慣れなのか。

ただ全部見えれば良いってことじゃないもんね。


あれ？　なんか目が回るよ。

「あの……。だんだん気持ち悪くなってきたのですが……」

「索敵酔いだ。慣れたら気にならなくなる。気にせず続けろ」

索敵酔い？　なにそれ聞いてないのですけれど。

気にせず続けろって、気にするわ！


しばらく歩くとハートさんが私を降ろし「自分に結界を張って、身を隠せ」と静かに命じる。

近くに何かがいるんだ。

私はすぐさま索敵をやめて自分に結界を張り、急いで岩陰に身を潜めた。

周囲は静まり返り、みんな目配せだけで合図をしてる。

ぐわぁぁぁ。

突如、地響きのような轟音と共に、突然巨大な影が現れた。

「うわぁ！」

体を反らして見上げると、冬眠明けのお腹を空かした熊さんだ。

二階建ての家くらい大きくて、血走った目とむき出しの牙が恐怖を煽る。

「これじゃまるで怪獣だよ。すべてが規格外なんだけど」

目の前で暴れる熊の迫力に、一気に索敵酔いも醒めた。

さらりと黒髪を揺らすフェルネットさんが、恐怖で強張る私を安心させるようにウィンクをする。

余裕の笑みで空に重力結界を展開すると、熊の動きが遅くなった。しかし、それでもまだ速い。

「ガインさん！」

フェルネットさんの呼びかけに、ガインさんが瞬く間に熊の懐に飛び込んでいく。あの、火を纏《まと》った剣で足を切り裂くと、熊は痛みに吠えて膝を突き、腕を回して荒れ狂った。その長く鋭い爪が師匠を狙う。

「おっと」

師匠は軽やかに飛び退き、双剣をクロスにして熊の爪を根元から次々と切り落とす。金属がぶつかるような鋭い音が鳴り響いた。

「すごい爪切りだ」

言葉にするとダサいけど、実際はすごい迫力。

「フェルネット！　頭を押さえろ！」

そう言いながらハートさんは岩に駆け上がり、熊の気を引くために大量の矢を一斉に放つ。その矢は放物線を描かずに、まっすぐ熊の目に突き刺さった。しかし他の場所は、鋼鉄のように硬い熊の毛で弾かれる。

でもその隙に、フェルネットさんが空に魔法陣を描いて頭を固定した。熊は激しく抵抗しているが動けない。

「ハート！　頼む！」

ガインさんは再び熊の真下に飛び込み硬い毛に覆われた皮膚を引き裂いた。

そこにハートさんが先ほどとは違う黒くて大きな矢を放つ。

熊は苦しみながらも腕をブンブンと振り回して暴れている。

さっき両手の爪を切り落としたから、爪にやられるリスクはなくなったけど、あの熊の一撃は致命的だ。

「はっ。タフな奴だ」

短く笑った師匠が暴れる熊の腕を踏み台に飛ぶと、熊の首に手を当ててゼロ距離で鋭い水の刃を連続で放った。

すぐにハートさんが師匠に代わり同じ場所に風の刃を連続で放つと、凄まじい爆音と共に首が落ちる。一拍置いて、熊の巨体は木をなぎ倒しながら倒れてくれた。


はぁ、めっちゃドキドキしたし、息をするのを忘れたよ。

頭の中でピコンピコン鳴ってるから、沢山レベルが上がってそう。


「マリー。もう出て来ていいよ」

ハートさんが私を呼ぶので、岩陰から出て駆け寄った。

いつも誰かが一刀で倒していたから、こんなに苦戦する戦いを初めて見た。

「いやぁ、思ったより毛が硬くて苦戦したな。おかげで魔力がすっからかんだわ」

魔力量の多い師匠の魔力がすっからかん？

慌てて師匠に魔力の回復薬を渡すと、嬉しそうに頭をポンポンされた。

フェルネットさんとハートさんにも魔力回復薬を差し出すと「ありがとう」と二人とも腰を下ろす。

「ガインさん、お怪我はないですか？」

「おお、ちょっと折れたから頼むわ」

お、折れた？　いつ？

回復魔法をかけると「助かった」と私に笑いかけ、肩に手を当てて腕をぐるぐる回している。

「シドさん、少し休んだら、爪の洗浄を頼みます」

そう言ってガインさんは平然と熊の解体を始めた。

山にはこんなのがごろごろいるのか……。

戦いの後の地面には、針金より硬そうな毛が沢山落ちていた。

最短ルート恐るべし。

山に入って数日後、今日はフェルネットさんと一緒に合同訓練。

食料が尽きて来たので大人たちは狩りの日なのだ。

少しだけ通常ルートに近いところだから、ここは比較的安全だろうと言っていた。

「よし。お前達二人はこの木の剣で戦え。訓練で魔法は禁止。魔獣が出たら使っていい。マリー、何かあったらフェルネットの指示に従え。フェルネット、無理に戦わずにマリーを守れ。通常ルートが近いといっても、ここは危険区域内だ。気を抜くなよ。以上」

ガインさんはそれだけ言って狩りに出かけてしまった。

こんなの訓練じゃないよ。自主練だよ。

せっかくフェルネットさんと二人だから魔法陣を教えて貰いたいのに、魔法禁止だって。

「よし、マリー。剣を構えて」

「はい！」

私はハートさんに作って貰った子供サイズの小さな木の剣を両手で構えた。

フェルネットさんが目を細めてそれを見ている。ふふん、舐めたら後悔しますからね。

「行くぞ！」

「はい！　手加減はしませんよ！」

私はそう言うと、素早くしゃがんでフェルネットさんの足首を狙った。

「ちょ！」

慌てて避けてよろけたところを、踏ん張った腰を狙う。

「なんだよ、関節ばっかり狙ってきて！　それってハートさんの戦い方じゃないか！」

「ふふん。ハートさんは鬼畜ですからね！　どれだけ痛い目を見てきたことか！」


『きゃー!!』

「「きゃー？」」

私たちは手を止めて、目を合わせて首を傾げた。

どこかから悲鳴のようなものが聞こえた気がする。

フェルネットさんが素早く索敵を始めたところで、冒険者風の小柄な若い女性がこちらに走って来るのが見えた。

「助けてー!!」

あ、転んだ。

後ろから、長い牙を何本も生やしたワンボックスカーくらいの大きさのイノシシが、木をなぎ倒しながら突進している。

「なにあれ……」

「マリー！　壁出して！　壁！」

あ、壁！

私は慌てて女性とイノシシの間に魔力全開で壁を作る。

ドーン！　間に合った！

イノシシが壁に追突して何本かの牙が折れたみたい。だけど全然怯む様子がない。どうしよう。

「結界！　マリー、僕も含めて結界で囲って！　あれは小さいけどバビルサだ！　力が強くて僕一人じゃ倒せない！」

そうだ！　結界だ。

私はフェルネットさんの指示に従い、女性も含めて私を中心に空に大きな結界を張る。

加減が分からず全力で張ったけど、女性の居場所が遠すぎて魔力消費が激しいよ。集中力が続かない。バビルサが結界に突進して衝撃もすごいし。それにあのバビルサ、全然小さくない。

「マリー、大丈夫？　とにかく女性の様子を見に行こう」

「はい」

私は気絶している女性のもとに行くと、癒しの魔法を掛けた。怪我は治ったけど気絶したままだ。

「結界の範囲を小さく出来る？　この大きさの結界を維持するのは大変でしょ？」

ああ、そうだ。フェルネットさんは冷静だな。でも緊張で、いつもなら簡単に出来ている結界調整も中々上手くいかない。私は一度大きく深呼吸をして、空に描いた魔法陣を崩さないように魔力を抜きながら幅を狭めていった。

「ふふふ。力を抜いて、マリー。大丈夫だって。ガインさんがすぐに気付いて戻ってくるから」

フェルネットさんは笑顔でウィンクして、気絶している女性を抱きかかえる。

怖いよ、ガインさん。早く戻って来て！

その間もバビルサは、ずっと結界に体当たりをしていた。


「無事か？」

静かになったと思ったら、いつの間にかバビルサが横たわっている。

「ガインさん！」

ホッとして、顔を見ただけで泣きそうになった。

「お前ら、よく耐えた。偉かったぞ！」

「ニコラは?!」

冒険者仲間っぽい男性がフェルネットさんに駆け寄ると、気絶しているニコラさんを優しく抱き上げる。

「彼女は大丈夫。気絶しているだけだから」

フェルネットさんがそう言うと、男性は私たちに向かって深く一礼をした。

「本当にありがとう。君たちがいなければ、ニコラは……」

すると、ニコラさんが彼の腕の中でゆっくりと目を開ける。

「あ、私……」

「ニコラ！　良かった。彼らが助けてくれたんだ」

彼はニコラさんを下に降ろして立ち上がらせた。

「ありがとう、もうだめかと思ったのに」

ニコラさんは涙を浮かべて、私とフェルネットさんの手を握りしめる。

「討伐隊も大変な仕事だ。気を付けて頑張れよ」

ガインさんが彼女たちの肩を軽く叩いた。

「はい。今度は私が、あなたたちを助ける番ですからね！」

ニコラさんが茶目っ気たっぷりに力こぶを出す。

急に和やかな雰囲気になり、みんなの緊張が解けて大笑い。

そして彼らは何度も頭を下げて戻って行った。


「通常ルート付近にこのバビルサの親がいて暴れていたらしい。あの二人は討伐隊の一員で、子供のあいつが彼女を狙った。俺は異変に気付いて戻る途中、彼とばったり会ったんだ。お前ら、本当によく守ってくれた」

ガインさんがゴリゴリと、私たち二人の頭を撫でてくれる。

あのバビルサ子供なんだ。親はどんだけなのよ。

「マリーは凄かったよ。一瞬で壁も出したし、大きな結界もすぐに展開させた。討伐隊が出るような A 級魔獣相手に流石だよ」

いまだに怖くて震えている私の肩を、フェルネットさんがポンポン叩いて褒めてくれた。

「それは凄いな！　今日はバビルサの肉も沢山あるし、マリーの好きなごちそうをいっぱい作ってやるぞ！」

そんなことはない。気持ちが焦っていつもは出来ていた結界の調整も上手く出来なかった。

それでも二人は凄い、凄いと手放しに褒めてくれる。緊張下で魔法が使えただけでもすごいんだって言ってくれた。

でも、あんなに素敵なニコラさんを助けることが出来て本当に良かった。

いざという時のためにもっと真面目に訓練しよう。

師匠とハートさんが夕方に私が好きな果物を沢山持って帰って来て、二人にもたくさん褒めて貰った。

# 山頂付近で楽しい野営

私たちは何とかゴツゴツとした岩場が雪で覆われた、山頂付近まで辿《たど》り着いた。

霧で視界が悪くてすごく寒い。風が吹くたびに、体が凍りつきそう。

ガインさんはこのまま進むのは危険だと判断し、フェルネットさんにルートの安全確認のついでに滞在出来そうな横穴を探させた。

「ちょうどいい洞窟が見つかった。しばらくここで体力を回復させる。マリーはここに結界を張った後、いつもの準備を頼むわ」

「はーい」

洞窟の中は思ったより広くて、私たちがしばらく滞在するには十分なスペースがあり、壁には水晶の結晶がキラキラと輝いて青白い光を放っている。

こんなの初めて見た。氷かと思ったくらい透明で冷たい。

それに今日は、フェルネットさんが安全確認の途中で素敵なお花畑を見つけたと、色とりどりの宝石みたいに綺麗なお花を籠に沢山摘んで来てくれた。なので、洞窟の中はとてもいい香りがする。

やっぱりお花のある生活って潤うよね。


「俺の部屋にも花を飾ってくれたのか？」

「ふふふ、ガインさんの部屋は多めですよ」

「フン」

なんだかんだで嬉しそう。

フェルネットさんが「照れ屋だよねー」と笑ってる。

「そういえば聖女巡礼があるのかな。聖騎士が、通常ルートを外れた所にも沢山いたよ」

「聖女巡礼？」

なにそれ。

聖女という言葉に少し反応しちゃう。

「聖女が各地を癒して回るんだ。今はどこにも連絡を取ってないから、違うかもしれないけど」

「へぇ。聖女様って大変なお仕事ですね」

「関わると面倒だから、下山《げざん》は少しルートを変更することになるだろうね」

「お気遣いありがとうございます」

「ふふん。マリーのためだもん。全然平気だよ」

やけに機嫌が良いな。

明日はフェルネットさんと合同訓練の日だし、師匠から魔法を教えて貰えるのが嬉しいのかも。


それにしても山頂付近は流石に寒い……。

師匠は寒がりだから、結界魔法の暖房をもう少し……。火の魔法陣をほんの少し大きくする。

おおお。このくらいかな。

いい感じで暖かくなったかも。

「嬢ちゃんの空調結界の調節は、絶妙だなぁ」

「えへへ。師匠の訓練のおかげで、繊細に魔力が操《あやつ》れるようになったのです」

「そうか、そうか」

嬉しそうに師匠が目を細める。

「はい。あの頃はやっていることの意味が分からず、ただの嫌がらせかと思ってました。てへ」

「ほう?」

あれ、なんか師匠から殺気が出てる気がする。

「いや、ちがくて。あれ? お風呂の準備してきまーす」

こんな時は逃げるが勝ちだ。

つい本音が……。

ふふふ。毎日が楽しいなぁ。みんなのおかげで視野も世界も広がった。

でも、この山を越えたらすぐに王都なんだよね……。

手から出るお湯を眺めながら、笑って過ごした今日までの日々を思い返す。

あ、お湯が溢れた。


「じゃあ先にお風呂入ってきますので、お料理の方はよろしくお願いしますねー」

「「「おー」」」

ぷっ。四人でお揃いのエプロンとか、プレゼントしたくなるなぁ。

私のためにデザートにも凝りだして、この旅でみんなの料理の腕が上がった気がするし。

そう言えば天候が落ち着くまでって言ってたよね。滞在が少し長くなるのかな。

後で自分の個室を豪華にしちゃおっと。

最近はダンスのレッスンまでしてくれて、私は本当に恵まれている。

代わる代わる膝立ちのみんなとダンスが出来て楽しいけど、最後はみんなが小さな私を振り回して終わるから、何とも言えないけどね。うふふ。

息抜きも必要だし、みんなが楽しいならいいけどさ。

「眠れないのか？」

「ガインさんも？」

霧が晴れて星が綺麗だなーって夜空を眺めていたら、ガインさんが毛布を持って来てくれた。

洞窟の入り口から見上げる夜空は、まるで別世界のよう。外の世界と切り離されたこの場所から見上げると、無数の星々が闇夜にキラキラと輝き幻想的な雰囲気を醸し出している。月明かりが壁の水晶を照らし、その反射が壁に幾何学模様を描いていた。


「ほれ」

ガインさんが私を抱き上げて、毛布でぐるぐる巻きにしてから膝に乗せてくれる。

ふふ、あったかーい。私はガインさんにぴとっとくっ付いた。

ここには優しいお父さんがいっぱいだ。


「マリーはさ、爺さんの所に着いたら何をするんだ？」

「王都の学校で農業について学ぶ予定です。でも当初の予定と大分《だいぶ》狂ってしまって、少し戸惑っているのですよね」

「当初の予定？」

「魔法を使わずに、薬草を育てるってやつです」

「あれネタじゃなかったんだな」とガインさんが「フッ」と笑う。

大真面目ですよ。

まったく。

「でも、なんで薬草なんだ」

そういえば、なんで薬草を育てなきゃと思ったのだろう。

……あ、そうか。


「ふふふ」

「どうした？」

「お母さんに言われたのですよ。加護の部屋から出てすぐに。双子の妹が聖女になるから、私は薬草を作って支えてあげるのよって」

「それって……」

ガインさんがギュッとしてくれる。

「その時は、事情を知らない母親の話を受け入れるしかなくて。でもなぜか、それが使命みたいに刷り込まれちゃったみたいです。私も今、気が付きました」

「……お前は見た目よりずっと大人だな」

どうなのかな。

今思うと極度のストレスに晒《さら》された中で命令され、強い洗脳状態にあっただけな気がするけど……。

もうあの家族のことは、思い出したくないな。お互いにあんまりいい思い出がないし。

うふふ。ガインさんがお父さんだったらなぁ……なんて。

「俺の前では無理して笑わなくていいんだぞ」

「この旅が楽しくて、無理なんかしなくても笑っちゃいますって」

「そうか。俺の子供の頃なんて、当てもなく穴を掘ったり、木に登ったり。とにかく意味のないことを馬鹿みたいに真剣にやっていた」

「野生児だったのですね。ははは。想像出来ます」

「マリーもさ、目的なんかなくても、周りから見たら意味のないことに思えても、興味のあることや、やりたいって思ったことをやって欲しい。それが子供だし、その無心な気持ちや達成感が心の成長に必要なことだと思ってる。道を外れたらちゃんと戻してやるし」

やっぱりガインさんは私の理想のお父さんだ。

「でもまさか全属性の魔法が使えるとは……ですよ。ガインさんたちには感謝しかないのです」

「フン。お前が頑張ったんだ」

旅の終わりが見えてきてから、あえてみんなが避けてきた話題。

旅が終わって私は何を目的に生きるのだろう。

加護がなくても生きていく覚悟は出来ていたのに、急に開かれた未来。

「こんなに素敵な自由を知ってしまうと、いろいろと贅沢になってしまいますね」

「そうだ。自由に生きろ。出会った頃みたいな、あの作り笑顔のマリーを見たら笑うぞ」

「ふふー。私もです」

ガインさんがあやすように体を揺らしてくれるから、だんだん眠くなってそのまま寝てしまった。

「お前はどんな大人になるんだろうなぁ。お前といるのが楽しくて、つい旅に時間をかけすぎちまったよ」

ガインさんの優しい声が、夢の中で聞こえた気がする。

# 最後の約束

「団長、山……また越えちゃいましたね……」

「いったいあの娘《むすめ》はどこにいるんだ……」

はぁ、もう二往復したのに。

私は高台から、遠くにある王都を眺めて途方に暮れた。

沈みかけた太陽が地平線まで続く街を金色に染め上げて、中央に高くそびえる城壁が逆光で真っ黒なシルエットのように見える。

「教皇様に進捗《しんちょく》報告を催促されていて胃が痛い」

「目的地の祖父の家を、交代で見張るというのはどうですか？」

副団長の立場はのんきでいいよな。

「なぁ、通常ルート以外で山越えって出来るものなのか？」

「私はS級冒険者ではないので正確なことは分かりません。ただ個人的な意見としては、子連れで他のルートは無理かと思います」

「私もそう思う」

荷馬車も安全に通れる整備された通常ルートでは、季節にもよるが馬車なら一、二カ月、馬なら二週間ほどで越えられる。

体力のない幼児を乗せた荷馬車ならどんなに遅くても、三、四カ月くらいが無理のないペースなんだが……。必要以上に時間をかけるメリットもないだろうし。

高温地帯、寒冷地帯、雪原地帯があるし、空調結界が施され、いろいろ整備された野営ポイント以外での野宿は流石に無理だ。

更に野営ポイントでは行商人が商売をしているし、食料も生活物資も手に入りやすい。

それに通常ルート以外は魔獣の討伐をしていないから、生息する魔獣の強さも桁が違う。

いくらS級とはいえあの魔獣を倒して進むのは至難の業だ。

……ということは、怪我でもして動けなくなっている可能性もあるのか……。

う――ん。

「一度、祖父の家で話を聞いてみるか」

「はっ、準備してきます」

「わぁ。ガインさん、あれが王都ですか？」

「そうだ。大きいだろう」

私は高台から見る王都に、期待と希望で胸を膨らませた。

朝日がゆっくりと昇り始め、その光が遠くに広がる王都を照らして高くそびえる城壁を輝かせている。

「フェルネット。マリーの爺さんの家に行って、先に安全確認をして来てくれ」

ああ、なるほど。ガインさんが途中で会った行商人から馬を一頭だけ買ったのは、このためだったのか。ちゃんと考えているんだなー。

フェルネットさんはガインさんから綺麗に折りたたまれたおじいさまの家の地図を受け取って、この高台をあっという間に駆け降りて行った。

おじいさまのことは手紙のやり取りでしか知らないけれど、文面はいつも私たち孫への愛情に溢れていた。送って貰った似顔絵で、おじいさまの容姿も知っている。白い髭と眉毛に覆われて、黄緑の目が眉毛の下から少しだけ覗く。鼻は大きくて鷲鼻で、口は髭に隠れて見えなかった。

お母さんから聞くおじいさまのイメージは、優しくて豪快なガインさんのような人だった。

「つかぬことをお伺いしますがみなさんは、もし私がいなかったら村から王都までどのくらいで着くのですか?」

「何もなければ、狩りもせず宿屋に泊まって通常ルートを馬で走れば、ひと月もかからない……かな。荷馬車を引いてゆっくり歩いても三カ月ってところだな」

「な!」

「元々フェルネットやハートの訓練のために、魔獣を倒しながら時間をかけて王都に戻る予定だったんだ」

「ただ馬を走らせるのと、嬢ちゃんを乗せて揺れないように荷馬車に合わせてノロノロ歩くのじゃ、かなり違う」

「今回は追っ手もいたし、通常ルートが使えなかったからな」

なんと!

馬と歩きじゃ確かに違うけど……。

私の体調に合わせてって言うのもあるし、確かに合宿もしたけど、でも三カ月が一年て!

本当ならそんなに短縮出来るの? それに、通常ルートってそんなに楽なの?

一生会えない距離に向かうのだと、気合を入れて家を出たのに！

「さ、フェルネットが帰って来るまで俺たちはここで待機だ。マリー、結界といつもの野営の準備を頼む。ハートはマリーの護衛。シドさんと俺は狩りだ！」

みんなが散ると、私は結界を張り、壁やテーブルを作り始めた。

ハートさんは器用に高いところにある果物を風魔法でスパーンと切って、落ちてくる実を風でふんわりと受け止めている。

魔法ってあんな風にも使えるんだ……。

勉強になるなぁ。

もう夏が終わるのに今日はちょっと湿度が高くて暑いから、結界の中から湿度を取って少しひんやりさせた。

空調結界ってエアコンがないこの世界では、ほんと便利。

そう考えるとコンセント一つでエアコンも冷蔵庫も電子レンジも使えるなんて、電気も魔法みたいだったんだよなぁ。

「マリー。これちょっと成長させてくれ。サラダに使いたいんだけど、少し量が足りないから」

ハートさんが野生のレタスっぽい野菜を指さした。

はりきって目を瞑《つむ》り、成長をイメージして魔力を流すとすぐにハートさんに手を取られる。

「そこまでだ」

目の前には大きく成長したレタスが幾つも生えていた。

あは。さっきの魔法に感動して、少し調子に乗りすぎちゃったみたい。

「マリーはすごいな」

ハートさんは収穫しながら苦笑いをしていた。

ここでどのくらい待機するのか分からなかったので、いつもより丁寧にお風呂やキッチン、個室を作って満足していると木の剣をポンと手渡される。

手に持った木の剣をしばらく眺めて、すごーく嫌な顔をハートさんに向けた。

「そんな顔をしても無駄、無駄。ほら構えて」

「……はい」


カンカンカン、カン。剣を打つのも慣れてきた。

「ほら隙《すき》あり」

「そう来ると思ってました！　うげっ」

不意打ちを防いだのに、体勢を崩したところを足払いされて仰向けに転ぶ。

回復魔法が使えると知ってからのハートさんは、マジで容赦しない。

「ほらほら、すぐ起き上がらないと。魔獣は待ってくれないぞ」

「ふんが！」

小さいながらも、それを生かす攻撃があるのですよ！　っと。

自分に回復をかけてから、起き上がりざまにハートさんの足に狙いを定め……た、つもりが一瞬で距離を取られた。

くぅ！　おしい！　油断したフェルネットさんなら当たるのに！

「いい攻撃だ！」

気を抜いた瞬間に距離を詰められて、ダメだ打たれる！　と、ぎゅっと目を瞑《つむ》って体に力を入れる。

……ピン。

あ、デコピンされた。

「ははは。なんて顔してんだ」

「だって、早すぎて見えなかったのですよ。むぅ」

おでこを両手で押さえてぷんぷんする。

「子供同士の喧嘩なら、マリーはもう誰にも負けないよ」

ハートさんは優しく微笑むと、私の手から剣を回収してお茶を入れてくれた。

そしてゆっくりと椅子に座る。

なんとなく、真面目な話になるのだろうなと予想して私は姿勢を正した。

「マリーが魔法も剣も絶対に悪いことに使わないのは知っている。でも、その力は誰にも見せてはいけないよ」

「それは、大切な人や、自分の身を守るためにもですか？」

「ああ禁止だ。マリーはまだ、未熟すぎる。だから俺たちが必ず守るよ。目立てば守り切れない」

「はい」

「今後は魔法も剣も使わず生活しろ。頭使え、情報と人脈を武器にしろ。それを学校での課題にしような。俺たちもしばらく王都にいるから相談に乗るよ」

「はい！」

頭使え……。人脈と情報を武器に……。

今までで一番難しい課題だな。

ハートさんは「そんなに難しい顔をするな。フェルネットの良い所だけを参考に、な」と、いつものように優しく笑う。

これはガインさんが、ハートさんに言わせたのだと思う。

だからこれは、絶対に守らなければいけないことだ。

夜遅くに真剣な顔でフェルネットさんが戻って来た。

遅いから早く寝ろと言われたけど、みんなは遅くまで話をしていたみたい。

何があったのだろう。

ちょっと不安だな。


「朝食の用意が出来たぞー」

「はーい」

撤収のために作った壁やお風呂を更地にして植物を生やしていると、ガインさんに朝食が出来たと声をかけられた。

ハートさんが私を抱き上げて、私用《わたしよう》の高さの違う椅子に座らせてくれる。

正面にはガインさんとフェルネットさん、そして私を挟むようにハートさんと師匠が座った。

いつもの光景だ。

でもなんか違う。

「マリー。食べながら聞いてくれ」

ガインさんの声が硬い。

「はい」

「フェルネットが爺さんの家に行ったら、聖騎士が待っていた。追っていたのはこの聖騎士たちだったんだ」

「聖騎士が、私を？」

フェルネットさんは無言で頷いて、ガインさんの赤い目は私だけをまっすぐに見つめている。

師匠とハートさんが両脇で、私の頭を優しく撫でながらつらそうな顔をした。

「マリーの母親が教皇様に、マリーが成人するまで教会で保護するよう依頼したそうだ。王都に着いたら聖騎士が、マリーを教会に連れて行く」

そんな!!

私は思わず大きく息を吸う。

やっとここまで辿り着いたのに。

今度は自由を奪われて、成人になるまでの十年近く教会に拘束されることになるなんて。

「マリー自身はどうしたい？」

「え？　どうって……」

言葉の真意が分からずに、疑問をぶつけるようにみんなの顔を順番に見る。

ガインさんは柔らかい表情で、私を安心させるように目を細めた。

その隣でフェルネットさんが静かに微笑んでいる。

ハートさんは私の肩を抱き、師匠は私に勇気をくれるように力強く手を握ってくれた。

「俺たちは、マリーの気持ちを知りたい」

私の話を聞いてくれようと……。

みんなの思いやりと優しさが心にジワジワとしみ込んでくる。

その深い愛情に、私は胸がいっぱいになった。


私の意思など関係なく、一方的に連れて行かれるものだと思っていた。

国より強大な力を持つ教会を前に、私たちは本当に無力だから。

ここで私が嫌がれば、みんなに迷惑をかけるだけ。

どうすることも出来ないのも分かっている。

それにありったけの愛情と信頼を注いで貰っていたけれど、私はただの依頼人。

今の私に出来る最大の恩返しは、心配をかけずに笑顔でお別れをすることだ。

私は綺麗に姿勢を正し、一年ぶりの作り笑顔でにっこり笑い「教会に行きます」とはっきりと言った。

それからは何の感情もなく作り笑顔のまま王都の外壁門に着くと、それぞれ胸に金と銀の教会の紋章を着けた聖騎士二人に迎えられ、冒険者ギルドに行って依頼達成の手続きをした。そしておじいさまに一度も会えず教会へ向かう。


「マリーなら大丈夫だ」と優しく微笑むハートさん。

「信じているぞ」とつらそうに笑う師匠。

「上手くやれよ」とウィンクするフェルネットさん。

「強く生きろ」と既に泣いているガインさん。


手を引かれながら、何度も、何度も振り返った。

笑顔だけを記憶に残して欲しくて、一生懸命に涙を堪えた。

しばらく歩くと銀色の紋章を着けた副団長さんが私を抱き上げてくれる。

そして王都の中心にあるとても大きな教会の、白い大理石で出来た彫刻が壮麗で荘厳な門をくぐった。

# 第二章　教会編

# 教皇様と初対面

お城みたいに広いなぁ。私は王都にある教会本部の壮大さと美しさに息を呑んだ。

廊下の高い天井には白と金の装飾が施され、床は磨き上げられた白い大理石。とても静かで、団長さんたちが歩くたびに靴音がコツン、コツンと響き渡る。

右手側の大きな木製の窓からは眩しいくらいに陽が入り、その先に広大な庭園が広がっていた。

左手側は細かい彫刻と金のアクセントが施された扉がいくつも並んでいる。

女性白神官さんの先導で副団長さんに抱っこされたまま、団長さんと共にこの長くて美しい廊下を進んで行く。時々窓にステンドグラスがはめ込まれ、その色とりどりの光が廊下を水彩画のように染めていた。

女性白神官さんが金の取っ手の付いた扉の前で止まると、副団長さんは私を下に降ろしてくれる。

それを確認した女性白神官さんが扉を三回ノックすると、音もなく扉が両側から開かれた。


おお。

高い丸天井は白と金色の放射状の複雑な彫刻と模様で、まるで投影前のプラネタリウムみたいに吸い込まれるような錯覚が起きる。壁際にたくさん並んだ黒に近い茶色の机には白神官が執務のために座っていて、それぞれに金のランプが置かれていた。

全部お高そう。触るのが怖い。

戸惑う私の背中を団長さんに押されて中に進むと、二人が私の後に続いて歩く。

部屋の中央まで進むと二人が両脇でスッと片膝《かたひざ》を突いたので、同じようにして頭を下げた。

「頭を上げよ」

一呼吸開けて顔を上げると、サンタみたいな白い髭を生やしたしかめっ面のおじいちゃんが、金色の教会の紋章が付いた大きな机で手を組んでいる。背後の壁には古そうな本がいっぱいで、それだけ見てもサンタみたいなおじいちゃんはとても偉い人に見えた。

サンタさんが人払いをすると、奥からも人が出て来てぞろぞろとみんなで部屋を後にする。しばらくすると後ろで扉が閉まる小さな音がした。

「ふぅ。もうよい。自由にせい」

「「はっ！」」

団長さんたちは急に立ち上がり、ソファーにどかどかと座りだす。

あ、意外にラフな感じなのね。このサンタのおじいちゃん、そんなに偉くないのかも。

私もつられてソファーの前まで来たら、後ろからサンタさんが私を抱き上げて団長さんの向かい側に座らせてくれる。一人だけ残った男性白神官さんが優雅な仕草でお茶を入れてソファーの後ろに下がると、サンタのおじいちゃんは金の刺繍がたくさん付いた白いローブの裾を気にしながら私の隣にゆったりと座り、疲れ切った顔で微笑んだ。


「おぬしがマリーか……随分と捜したぞ」

逃げ回っちゃってなんかすみません。

心の中で謝って、とりあえず愛想笑いをしておく。

「……まぁよい。一番苦労したのはその二人じゃ」

団長さんたちは、疲労に満ちた顔で力なく笑った。

「それよりも、よく生きておった。どれほど心配したことか。しかも思ったより元気そうじゃな」

「はい。S級冒険者さんたちとの旅はとても快適で、ちっとも大変じゃなかったのですよ」

「なるほどな……。体調を崩したりは？」

「私のペースで進んでくれましたし、薬草の調合の知識も豊富で、村にいた時より手厚かったです」

「さすがはS級冒険者だな」

三人は顔を見合わせて頷《うなず》き合っている。

「そうじゃ、ステータスをフルで見せよ。言えるかな？」

私は「ス、ステータスフルオープン」とドキドキしながら銀のペンダントを握った。

---

マリー　女　6歳　光適性
Lv．1
HP　10／10
MP　5／5

---

光属性Lv．1

---

緑の精霊

---

おお。上手く偽装出来てる。良かったー。

「うむ。思った通りじゃな。魔法が使えず心細かったじゃろ。じゃが安心せい。おぬしの母親から依頼を受けたので、成人まではここで保護することが決まったのじゃ。秘密も保護され、教会の敷地内なら身の安全が保障出来る」

「はい」

ん？　身の安全？

「教会学校は魔法が扱えないと入れないので諦めて貰うしかないのじゃが……。孤児やおぬしのように親から預けられた子らと一緒に、なにか合いそうな仕事を選んでおこう。それを通していろいろ勉強するのじゃぞ」

なるほどな。ガインさんに説明された通りだった。

やっぱりお母さんが依頼をしたのなら、未成年の私にはどうすることも出来ないってことか。

一縷の望みを持ってここに来たけど、みんなには分かっていたんだな。

「外に出ることは可能ですか？」

「もちろんじゃ。最初に手続きを済ませる必要はあるが、外出に制限はない。門限があるから気を付けよ」

「はい」

え？　制限ないの？

なんと！　自由なんだ！

「団長も副団長もわしも、おぬしの味方じゃ。困ったことがあれば相談せい」

「ありがとうございます」

いきなりすごいコネを手に入れたけど、このサンタみたいなおじいちゃんは誰なんだ。でも、今更聞けないので忘れることにした。

部屋を出て団長さんたちと別れると、先ほどの女性白神官さんに手を引かれて別の建物に連れて行かれる。

「今日からここがあなたの暮らすお部屋よ。服はあちらを着てね。後ほど教育係が来るので、中でおとなしく待っていて」

そういうと、優しそうな女性白神官さんは静かに部屋を後にした。

ドアが閉まると、とりあえず私は部屋の中を順番に見て回る。

与えられた部屋は質素だけど陽当たりも良く清潔で、真っ白な壁に床はこげ茶色のフローリング。窓からはさっきの綺麗な庭園が見えた。ベッドに柔らかそうなマットレスと清潔なシーツが敷かれていて、部屋の隅には小さな机と椅子が置いてある。壁に掛けられた鏡の隣に、私のための小さな黒い神官服が吊るされていた。

これが新しい制服か……。

大人神官は白服だけど、子供は黒服だ。

黒神官は、孤児か親に一時的に預けられた未成年。成人したら教会から卒業する。

白神官は試験に合格したエリートの中のエリート。誰でもなれるわけじゃない。

黒と白じゃ、子供のお手伝いと高級官僚くらいに大違い。もちろん扱いも全然違う。

黒神官が成人しても、相当な才能や能力がなければ白神官として教会に残れないのだ。


おっと、ゆっくりはしていられない。教育係さんが来てしまう。

第一印象は大事だしね！　優しい人だといいなぁ。

急いで吊るされた服に着替えて、鏡の前でくるりと回る。

今日から私も黒神官だ。


「それにしても……」

私は鏡の中で虹色に光る、フェルネットさんから貰った銀のペンダントをギュッと握る。

――『これは盗賊や犯罪者がステータス偽装に使う、違法なペンダントなんだ。絶対に見つからないようにするんだよ。設定はしてあるから心配しなくていいからね』――

そう言って別れる前に、いつものようにウィンクしながら私の首にかけてくれた。

こんなの、闇取引でしか手に入らないじゃない。

下手したら、今回の私の依頼料より高そうなのに……。

本当は入学祝いだったのにって、少し照れて笑ってた。

フェルネットさん、ありがとう。


トントントン。

……。

トントントントン。

え、え、どうしたらいいのかな。

あのサンタさんの部屋の時は、ノック三回で中からドアが開いたんだよね。

恐る、恐るドアを開けてみる。


「遅い！」

ひぃ。

顔を見るなりシルバーフレームの眼鏡をかけた白神官の女性にいきなり叱られた。神経質そうな彼女は三十歳くらいで、お団子みたいに髪を一つにまとめている。

「ま、自分で気が付いて、ドアを開けたのは褒めてあげましょう」

「はっ！」

「私《わたくし》はノーテと申します。あなたの教育係です」

ノーテさんは両手を前で重ね、軽く腰を落として挨拶をした。

「マリーです！　よろしくお願いします！」

同じようにして腰を落とすと、ノーテさんは満足そうに口角を上げる。

「付いていらっしゃい」

いいところを見せようと気合を入れたけど、ギリ、合格かな？

ノーテさんは見た目のイメージと違わずにきびきびと歩き、私は必死に後ろを小走りで付いて行く。

「この庭園はドーマンというとても有名な庭師が手入れをしています。いたずらなどしないように」

「はっ！　あの青い花は、山の向こうでしか咲かない花ですね。土まで入れ替えているのですか？」

「……。ええ、わざわざ取り寄せているようです。土の成分もいろいろ試したそうですよ」

「なるほど。こちら側の土はアルカリ性ですからね。大変なお仕事です」

「なぜこちら側と向こうで、土の成分が違うか分かりますか？」

「向こうは雨が多いからです。魔獣の卵の殻など比較的安価なもので中和しやすく、薬草や農作物が育て易いと聞きました」

「……。８足す３は？」

「11」

「１２４引く12」

「１１２」

「この文字が読めますか？」

ノーテさんは歩きながら、サッと何かの資料を私に見せた。

「教会会計帳簿、勘定科目別元帳……」

そこまで読むと、ノーテさんは資料を素早く引っ込める。

それからずっと質問攻めに遭い、気が付くとごみや落ち葉だらけの汚くて薄暗い裏庭に辿り着いた。

「今日からは、ここがあなたの清掃担当の場所です。ごみで今は見えませんが、一応花壇もあります。その知識を使って好きな花を植えて、手入れをしなさい。次は……そうですね」

ノーテさんは眼鏡を片手で軽く押さえ、なぜかしばらく値踏みをするように私を見つめた後、長い渡り廊下を抜けて正門前の一番大きな建物に入っていく。
私は廊下を速足で歩き、両脇の開け放たれたドア越しに部屋の中を覗き見た。そこでは白神官や私服姿の大人たちが忙しなく動き回っている。廊下を進むにつれその喧騒は徐々に遠ざかり、静寂に包まれた。

どこに行くのだろう……。
つきあたりの扉を抜けると薄暗い階段へと続いており、一段一段下りるごとに周囲の空気が冷えていく。〝資料室〟と書かれた部屋の前でノーテさんが突然立ち止まり、鍵のかかっていないドアを静かに開けた。

部屋に足を踏み入れると古びた紙の匂いが鼻をつき、舞い上がる埃が天窓から差し込む光の中で煌めいている。形も大きさも違う棚がいくつも並び、資料や箱が乱雑に押し込まれていた。至る所で本や資料が山積みにされ、雪崩が起きている。そして点々と、書類の入った箱が塔のようにうずたかく積み上げられていた。

これは酷い……。
それを見て、言われなくてもやることは理解出来る。

「読み書きも計算も出来ると、先ほど言っていたわよね？」

「……はい」

言わなきゃ良かった。

「ではここを整理しなさい。今後の一日のスケジュールも、教会の休息日以外の休日も自分で好きに決めなさい。朝食は2の鐘、昼食は4の鐘、夕食は6の鐘。9の鐘が門限です。門限だけは問答無用の絶対厳守です。外出するなら私に声をかけなさい。外泊申請は五日前までに提出。質問は？」

「ありません」

流れるような説明に『もう一回言って』とは言い出しにくい。

ま、何とかなるかな。

「私物でも日用品でも、欲しいものがあれば申請しなさい。今日はこれで自由時間です。明日からきっちり働いてください」

「はっ！」

ぴしっと『気を付け』をしてノーテさんを見送ると、私の新しい日常が始まった。

一日のスケジュールは、こんな感じにした。

教会の休息日は週一日。週休二日にしようかな……。

教会の鐘がいい感じで鳴ってくれるので、それに合わせることにした。

1の鐘で起床、身支度
2の鐘で朝食、その後は裏庭の掃除
4の鐘で昼食、その後は資料室の整理
6の鐘で夕食、その後は入浴、自由時間
7の鐘に送迎登録者が迎えに来た時だけ外出
9の鐘は門限
就寝までは自由時間

# おじいさまの家

いきなり自由時間が貰えたので、私は私服に着替えて地図を片手に教会を出た。

王都凄い。

南欧風の石造りの高い建物が立ち並び、表札代わりの色とりどりの扉が視界を楽しませてくれる。きちんと舗装された石畳の道幅の広い歩道にはたくさんの人々が行き交い、馬車は車道を走り、お店から賑やかな声が聞こえてきた。

おじいさまの家は教会からそう遠くないはず。お母さんの地図が正確でありますようにと、心の中で祈りながら道を歩む。スマホがあれば一発なのに。

「えっとー、この大衆食堂を曲がって……、お花屋さんの二軒隣の……、白い壁の……、黄緑色の扉の家……。あ、アレだ！　うわ、おっきい！」

おじいさまの家は三階建てで、思ったよりもずっと大きな建物だった。ちょっとしたマンションだ。部屋数はいくつあるのだろう。私は期待に胸を膨らませ、おじいさまの家をめざして駆け出した。

あっ！

「ははは。元気だな。転んじまうぞ」

「ごめんなさい、ありがとう！」

道行く冒険者のおじさんにぶつかって、弾き飛ばされそうになったところを支えられる。

厳つい顔で体の大きな冒険者さんは、目を細くして「気を付けろよ」と頭を撫でてくれた。

うふふ、だってすぐそこがおじいさまの家なんだもん。気持ちばっかり焦っちゃう。

私はぺこりと頭を下げて、黄緑色の大きな扉の前に立つ。

あー、やっとおじいさまに会える！


トントン。私はドキドキしながら扉を叩いた。

「誰だ？」

「おじいさま？　マリーです」

ドカドカドカドカ！　バン！

「おおおおお!!　マリー!!　大きくなったなー。まさか一人で歩いてきたのか？」

ものすごい勢いで扉が開くといきなり抱き上げられて、天井に付くのではないかと思うくらい高々と持ち上げられる。

想像と変わらなかったおじいさまに想像以上の歓迎をされて、私の顔は緩みっぱなしだ。

「お、おじいさま、落ち着いてください」

「ははは。ソニー殿、嬢ちゃんが戸惑ってますよ」

え、その声は……。天井近くから見下ろすと、双剣と一つに束ねたグレーの髪が……。

「師匠?!」

思わず叫ぶと、おじいさまからハートさんに私の所有権が移動して、そっと下に降ろしてくれた。

「あ、ハートさん！　それにガインさんにフェルネットさんも?!」

いや、さっきの今生《こんじょう》の別れみたいな雰囲気どこ行ったのよ。

涙返して。


「……というわけで、労働は必須ですが外出も自由ですし、申請すれば外泊も自由です。団長さんたちも味方みたいですし、想像とは違う場所でした」

私が教会の様子や境遇を伝えると、全員があからさまにホッとした顔で脱力した。

ここ、おじいさまの家のリビングはとても広い。部屋の中央に大きな黒い暖炉があり、私はみんなと一緒にその周りに置いてある淡い緑の柔らかいソファーに座っている。目の前にある低いテーブルには私のためのクッキーと、花びらを浮かべたお茶が置かれていた。床はグレーの木材で、その上におじいさまの目の色と同じ黄緑色の手織りのラグが敷かれている。家具も食器も高級そう。出窓からは、さっき通った大通りが見えた。


「マリーを教会から奪還しようと計画を立てていたのだ」とおじいさまが小さく笑う。

「爺さんがマリーの親に手紙を書いたくらいだけどな」とガインさんは赤い頭をポリポリ掻いた。

「嬢ちゃんが会ったのは教皇様じゃないかな」

「教皇様？　まさか！　ちょっと面白い、優しいおじいちゃん、て感じでしたよ」

「マリーにかかると教皇様もオモシロおじいちゃんか！　がははは」

おじいさまは、お母さんから聞いていた通りの豪快な人だった。似顔絵と変わらない白い髭と眉毛。黄緑の目がその眉毛の下から少しだけ覗いている。鼻は大きくて鷲鼻で、髭に隠れた大きな口は、笑った時に豪快に開いた。


「フェルネットさん!!　フェルネットさんのおかげで、ステータスの方は誤魔化せました！」

ぴょんぴょん飛び跳ねながら、フェルネットさんに抱き付くと「よかった、よかった」と大きな黒い瞳をキラキラさせて頭を撫でてくれる。

するとみんなに、何のことだと問い詰められた。

「これです、ステータスフルオープン」

私はみんなの前で、あの虹色の石が付いた銀のペンダントを握ってステータスを出す。

マリー　女　6歳　光適性
Lv．1
HP　10／10
MP　5／5

緑属性Lv．1

緑の精霊

「おい！　見つけたのか！」「おおお！」「よくやったフェルネット！」「間に合ったのか?!」

「流石にあれじゃ、マリーがヤバいでしょ。顔の広い友達がいて助かったよ」

みんなが腕を組んでうんうんと頷《うなず》くと、一呼吸おいてからフェルネットさんに「先に言え！」とボカスカ突っ込んでいた。

あははは。みんな相変わらずだなぁ。


「でもさ、それだけ自由があるのなら、教会で保護して貰うってのもありかもね」

「聖女の特別警護を受けられないのに、適性だけは持っているしな」

フェルネットさんとハートさんが二人で頷いている。

「じゃあやっぱり、学校は無理なのですか？」

「教会の中にある学校は、六歳から十五歳の魔力量の多い者だけが通える魔法訓練校みたいなものだしなぁ……」

「マリーがどうしても嫌というわけじゃないのなら、教会の中の方が安全だと思う。俺たちも普段は仕事があるし。ま、どちらにしろ爺さんがお前の親に手紙を出したから、相談して決めるしかない」

確かに魔法訓練はマズいな。流石にあの加護の数はバレたら悪魔にされそうだ。

それにもう依頼者じゃないから、これ以上みんなに甘えるわけにもいかないし。

加護が多すぎて、なんだか面倒なことになっちゃった。


「で、本物は？」とガインさんに問われ、ペンダントをフェルネットさんに返して『ステータスフルオープン』をする。

マリー　女　6歳　光適性
Lv．32
S級冒険者「黒龍」所属
HP　232／232
MP　72184／72184

光属性Lv．7
闇属性Lv．25
火属性Lv．32
水属性Lv．43
緑属性Lv．18
土属性Lv．22
風属性Lv．16

緑の精霊
光の女神
闇の女神
火の女神
水の女神
緑の女神
土の女神
風の女神

「『黒龍』って、この国唯一の、全員がS級で結成されたパーティーじゃないか」とおじいさまが目をパチパチしていた。

へぇ、そうなんだ。私が入って全員がS級じゃなくなっちゃったけどいいのかな？

ちなみに『黒龍』はフェルネットさんが中二全開の頃に名付けたと最近知って納得した。

「大分《だいぶ》レベルも上がったな」

「十歳までにレベル１００くらいにはしておきたいな」

十歳までにレベル１００？

村で一番レベルの高い狩りの人がレベル40だったはず。大人はレベル20でもすごい方。

この人たちの感覚はおかしいな。そんなの普通に生活をしていたら絶対に無理だし。

それに私のレベルが既に32って……。災害レベルで強い魔獣が多かったけど、ガインさんたちは
この一年でどれだけ凄い魔獣と戦ってたのよ。

「ＭＰの上がり方の法則が滅茶苦茶だな」

「もっと光属性を強化させたいな。今日から寝る前に毎日訓練だ」

ということでサクサクっと訓練メニューが決まり、私の休日も護衛の都合がつけば魔獣狩りにも連れて行ってくれるって。

ははは。


門限前にハートさんと一緒に教会に戻ると、正門前で仁王立ちしていたノーテさんにめちゃくちゃ叱られた。

「ごめんなさい」

「外出するなら私に声をかけなさいと、きちんと言いましたよね？　それは聖騎士へ護衛を依頼するにも、保護者が迎えに来るにも最初は手続きが必要だからです。いっぺんに説明したらあなたに負担がかかるだろうと配慮して、その時、その時に、必要な指導をするつもりで私は言ったのです。

保護者の方も、彼女に良く言い聞かせてください」

「申し訳ありません」

そして外出のための手続き（送迎者《ハートさん》の登録と証明書の発行）をその場でして貰い、二度と一人で外出しないしさせないと二人とも約束をさせられる。

ハートさんにも、とばっちりですみません。

それなのに、証明書を受け取ったハートさんはなんだか楽しそうに帰って行った。

ガインさんたちは私のために、部屋が沢山余っているおじいさまの家の二階の部屋で暮らすことにしてくれた。

これからも出来るだけそばにいてくれるって。

「マリーは俺たちみんなの娘みたいなもんだから」ってガインさんが言ってくれた。

その言葉は親と決別して心細かった私に、どれだけの勇気と安心感をくれたことか。

えへへ。嬉しくて、部屋に帰った後泣いちゃった。

# パワハラ資料室

ここに来てからひと月が経った。すっかり秋で日差しは強いけど空気は冷たい。

日本人の私には宗教になじみがなく、特に強制もされないのでそっち関係の教育はすべてスルーしている。まぁ、教会の至る所に神や女神についての記述があるから、ゼロってわけではないけれど。


そして、教会での生活は意外にハードだ。特にメンタル面で。

私服職員は白神官の助手の仕事に来ている一般市民。

その私服職員は黒神官に対してとにかく口が悪いの。

資料室の整理って聞いていたのに、話が全然違うし……。

元々は一人でこの部屋を片付けていた。そこに資料を探しに来る人が後を絶たず、今じゃすっかり資料室の管理人。みんないそいそと、室内の入り口に受付台を置いてくれるし、頼んでないのに必要な文房具に書類まで揃えてくれた。親切なのかも知れないけれど、気持ちは微妙だ。

そして私は生まれて初めてのパワハラ絶賛受付中。


「おい！　さっさとしろ！」

「はい！　申し訳ございません。見つかり次第お届けに参りますので、こちらに部署とお名前をお書き……」

「俺は今すぐ出せって言ってんだ！　子供の癖に口答えするな！」

くぅ。お父さんみたいなことを言わないで。年齢もそのくらいだけど。

ちょっとくらい待ってくれてもいいのに。

この整頓もされていない膨大な資料の山の中で、どうやったらすぐに三年前の予算案を見つけられるのよ。まるで神田辺りの古書店のようなのに。

「かしこまりました」

私は資料の箱を放り込んだだけの乱雑な棚の前に立つとため息を吐く。

ずっと積み重ねていたってことは、三年前だとこの辺か……。

いや、もっと向こうかな。

最近の物はきちんと箱に入ってるけど、昔の物は箱から出てるし順番もめちゃくちゃなのだ。

「まだかよ！」

まだだよ。

予算案。予算案。予算案。予算案。

予算案。予算案。予算案。予算案。

これかな？

とりあえずこの辺の資料を持って急いで走る。

「こちらでしょうか？　ご確認ください」

「……」

しばらく目で確認していたパワハラさんは二年前の予算案も要求してきた。

あそこが三年前だから、この辺が二年前かな……。

あ！　あんなに高いところに！

梯子《はしご》、梯子。

予算案。予算案。

あったー！

予算案は紙の上部の色が違うなら、先に言ってよー。

梯子を飛んで降りると一気に走る。

「こちらでしょうか？　ご確認ください」

「お、おう」

ずさーっと前に出て、肩で息をしながら予算案を渡すと、パワハラさんは引き気味に出て行った。

フン、勝った。

ガチャ。今度は少し若いお兄さん。この人も私服職員だ。

「先月の魔獣被害の報告書」

「はい」

先月？　これかな。

先月の資料が箱一つだけなのにその中から掘り出すのは思ったより時間がかかりそう。

しまった。時間の見積りが甘かったな。

「ちょっとー！　急いでんだけど！」

「はーい。おまちくださーい」

これも、これも、これも違う……。

違う、違う、これじゃない。これでもない。

「おーい。まだかー？　時間かかるなら先に言えよー」

「すみませーん。もう少しかかりまーす」

「ちっ！　これだから黒神官は！　後で持って来いよ」

「どちらの部署にお持ちすれば……」

ガチャン。

……。

ドアしまったよね?

あー。どうしよう。

時間がかかると分かった時点で部署を聞いておけば良かった。

焦って思考停止してたよ。

あああ、完全なクレーム案件だ。これは100%私が悪い。

いや、まずは報告書、報告書……。


「ここ二、三年分の第一から第五聖騎士団の会計報告を、いい感じに宜しくー」

「……。申し訳ございません。見つかり次第お届けに参りますので、こちらに部署とお名前をお書きください」

むぅ、いい感じにってなに……。

会計報告のいい感じな物ってなんなのよ。

チャラそうな顔の、これまた私服職員が鼻歌交じりに帰って行った。

毎日毎日慣れない仕事に、ミスをしては怒られ、ミスをしなくても怒鳴られ。

走り回って足が棒。

教会用語はよく分からないし、急ぐから紙で手を切るし最悪だし。

ぴえん。

資料室が燃えたらいいのに。

魔獣被害の報告書の人は、凄く怒ってたけど戻って来てくれて助かった。


教会の大食堂で夕食を食べた後の門限までの自由時間。

私はおじいさまの家で楽しく過ごし、いつものように教会に戻……りたくない。

ずっとおじいさまの所で楽しく暮らしたい。

現実逃避したい。いや、逃げ出したい。走り去りたい。

はぁー。

同じ年の子はお庭で遊んでいたり、簡単なお仕事のお手伝いで楽しそうなのに。

「どうした？　ホームシックか？　んん？」

教会までの帰り道。大きなため息を吐《つ》く私の顔を、ハートさんが抱っこをしたまま覗き込む。

ふふふ。ハートさんはいつも優しいな……。

ハートさんは街の人から『娘を教会に預けている留守がちなS級冒険者』と思われている。六歳の娘を持つにしては若すぎるけど、大人っぽいし、特徴的な青緑の目の色とベージュの髪の色がお揃いだから、だれもそこにはツッコまない。本当に申し訳ないけどありがたい。

「資料室に配属されたのですが、ミスばかりして怒られて。そもそも無人だったのですから、私は必要ないと思いませんか？」

つい、気を許しているハートさんに、八つ当たり気味に愚痴ってしまう。

「んー。今まではどうしてたんだ？　誰かに相談したのか？」

今まではみんな自分でやっていた。

今はあんなにイライラしながらも、我慢して任せてくれている。

そもそも受付台を運んできたのはあの人たちだし……。

そうだ！　頭を使え、人脈と情報を武器に……だ。

「ハートさん！　ありがとうございます！　少し光が見えました！」

「ははは。よく分からないけど、それは良かった。いつでも相談に乗るからな。あんまり一人で抱えるなよ」

「はい！」

一人でテンパってないで詳しい人に助言を貰おう。

まずは要望の多い、議事録棚、予算棚、会計報告棚を作れば何とかなるか。

ふん。負けるもんか！

いざとなったら白神官に泣きつくという奥の手もあるんだし……。むふふ。

でも、まずは気分転換に裏庭を充実させようっと。

# 物品購入申請

「はい。このリストの種が欲しいのです」

次の日ノーテさんの仕事場に寄って物品購入申請書を提出すると、すごく嫌な顔をされた。

ノーテさんは私の教育係といっても付きっきりの家庭教師なわけではない。普段は教会の本館横の建物で、経理のお仕事をしている。教育係は教師と違って黒神官の子供一人一人に割り振られ、主に生活面での指導をするのだ。魔法が使えないことになっている私は教会学校に入れずに、ノーテさんしか頼る人がいないけど。

「どこで育てるのですか？」

「発芽したら裏庭の花壇で育てようかと……」

ノーテさんはものすごく大きなため息を吐いて、申請書を持ったまま腕を組む。

周りにいた私服職員がすーっと離れて行った。

あ、これからお説教モードに入るわ。

ダメ元だったし、ダメならもういいのですけれど。

「花壇はあなたの遊び場ではありません。興味本位で植えるのは反対です。教会の運営は、善意の寄付や回復薬の売り上げなどで成り立っているのです。無駄遣いはさせられません。しかも幾つかの種は、緑持ちのプロでも育てるのに苦労する品種もありますね」

「実は……、もっと効果の高い回復薬が、生成出来ないかと思って……」

遊びのつもりじゃなくて……と語尾がどんどん小さくなる。

「……。物騒な植物の名もあります。どういった用途で必要なのですか？」

「リストの最初のこれは、もともと攻撃魔法の威力を増大させるために使われている、爆発草の一種で有名なのですが、この威力を増大させる効能だけを抽出《ちゆうしゆつ》出来れば応用して回復薬にも……」

「もういいです。分かりました」

説明の途中で遮《さえぎ》られてしまう。ノーテさんは申請書に目を落とすと、何かを記入し始めた。

だよね。

そんな草の名前が挙がっていればテロリストだと思うよね。

花壇なんだし、綺麗なお花でも植えよう。

「自分で購入してきなさい。教会に請求を回せるよう、あなた専用の購入カードを作成し、後で届けさせます」

え。

目の前に、承認サインを書き込んだ申請書をノーテさんにスッと差し出される。

「いいのですか？」

「用途がしっかりしているのであれば、構いません」

おお。それならば……。

「研究開発用に、調合器具も欲しいのですが……」

「……。分かりました。中古の器具を後で届けさせます。足りない分は後で申請しなさい」

「はい！」


おおお。言ってみるものだな。

まさか調合器具までＯＫが出るなんて！

薬草が育ったら他の申請に混ぜて、少しずつ、こっそり揃えようと思っていたのに！

「研究内容は、定期的に進捗を報告しなさい。それとあなたの部屋を、その物騒な研究が出来るよう、裏庭の離れに移動します」

「はい!!」

あの広くてキッチンまで付いた、庭師用の空き部屋に？

更に爆発草を使っての研究までＯＫ貰えた！

「やった――!!」

つい両手を上げて叫んでしまい、ノーテさんに「はしたない！」と叱られる。買い物の時の注意と実験の注意をいつものようにまくし立てられたけど、嬉しくてほとんど記憶に残らなかった。

わーい。

資料室でのストレスが吹き飛ぶー。やっぱり裏庭最高！

さっそく引っ越しの準備しよーっと。

「ここが新しい私の部屋かぁ……」

裏庭の離れの部屋のグレーの壁は、少し年季が入っている。あの清潔な黒神官用の部屋に比べたらちょっと汚いけど、掃除すればなんとかなるし。なによりも、キッチンとリビングダイニング付きの、１ＬＤＫの平屋物件！

素晴らしい。村の家よりキッチンが広い。

「あ！　これ、穴が開いてたよ。汚して悪いな、マリー」

モップを持ったまま棒立ちしていると、赤茶の口髭と黄色いチェックのシャツがトレードマークの有名庭師、ドーマンさんが、肥料の入った袋の底を手で押さえて出て行った。

ここは元々ドーマンさんの弟子の住み込み用の部屋だったらしい。表の庭園からも遠いし、教会の本館からも、正門からも遠くて不便なので誰も使いたがらなかったみたい。ドーマンさんが『裏門が近いから、届いた荷物の保管にちょうどよかった』と言っていた。だから私が暮らすことになったと言ったら『あんな不便なところに?!』とつぶらな目を大きく開けて驚いていた。

職場まで一秒の裏庭清掃担当の私にはうってつけな場所なんだけどね。

視線をリビングの腰から上にある両開きの窓に向けると、開放的で裏庭全体が良く見える。その横の大きな机は研究机にちょうどいいな。壁全面に作り付けてある棚は薬品入れや薬草の保管に使えそう。ここにソファーやテーブルを運び込んで、ちょっとしたくつろぎスペースも作りたいな。

そして私は鼻歌まじりに寝室に入る。空気の入れ替えのために窓を全開にすると乾いた秋風が吹き抜けた。ここにあの柔らかいマットレスの付いたベッドを運んで貰って、それにあの銀色の装飾が綺麗な鏡と洋服掛けも運んで貰おうっと。

くぅ、ドーマンさんがいなければこっそり水魔法で掃除しちゃうのに。いや、ダメだ。ハートさんとの最後の約束で魔法禁止だったのだ。

私はせっせとモップを掛けて、雑巾を片手に必死に掃除した。

午後になると、家具はすべて新しいものが運び込まれ、新しいベッドにはちゃんと柔らかいマットレスも付いている。鏡はシンプルな木の淵の四角くて大きなものだったけど、これはこれで気に入った。

ノーテさんは抜かりがないな。気が付かなかったティーセットや簡単な調理器具、それに庭掃除用の長靴なんかも一緒に届けられていた。


「えっとー。この辺で高価な種が手に入るって、ドーマンさんから聞いたけど……」

部屋の片付けが終わった数日後、私が足を踏み入れたのは、高級住宅特区にある一画。

規則的に並んだレンガタイルの歩道。外壁が繋がっているかのように統一された建物。ここは高級なお店ばかりが立ち並んだ有名な大通りだ。

辺りは香水や焼き菓子、新鮮な花々の香りが漂っていて、それだけで頭がくらくらする。外から見える店内の豪華さは私のような安い服を着た子供には場違いすぎた。

失敗したな。下働きっぽい店員さんでも高級な服を着てるし……。ガインさんに買って貰った服を着てくればよかった。

とりあえず、手あたり次第に聞いてみよう。

大きなお店の入り口の、ガラスの前で覚悟を決めて……。

「おい」

「はい？」

襟首《えりくび》を摑まれて、入店を阻止されてしまう。

……だよね。

想定済みです。

「教会の者ですが、お使いに来ました」

「教会の？」

「はい。植物の種と、調合用機材を探しています」

「ふん。そう言えば、店の下見が出来ると言われたのか？」

すっごい小さい青い帽子を頭に乗せた若い店員さんは、私のことを警戒して怪しんでいた。

ははは、泥棒と間違われている。っていうか何その変な帽子。

「違います」

「いいから出て行け」

背中を押されて、あっという間に追い出されてしまう。

まさか買い物をする前に、こんな試練が待っているとは。

まだ一件目。

お隣の店にトライだ。

「今度来たら、憲兵に突き出すからな！」

しっしっと追い払うような仕草で、野良犬のように追い出される。

攻略がムズイ。

地味にメンタルが削《けず》られていく。

次でダメなら一旦帰って着替えて来よう。

ここはお隣より少し小さなお店だけど、商品さえ手に入れば……。

「あの……」

そーっと、顔を半分だけ入れてみる。

お店の入り口にいた紺色の髪のお兄さんが、私を上から下まで確認した。

「今、他のお客様がいらっしゃるから、裏口でもいいかな？」

「はい。教会から来ました。買う物は決まっています」

「そっか。じゃあ付いておいで」

そうだよね。

高級な服を着たお客さんと平民が同じ店内にいるのは困るよね。

私の配慮が足りなかったな。

裏通りからお店の裏に回って小さな鉄の扉を抜けると、そこは表から見える華やかな店舗とは違い、古びたレンガの壁に囲まれて空気が少し湿っていた。扉のすぐそばには運び出すための大きな木製の箱が積み上げられ、中央に大きなテーブルと、様々な年代の椅子やベンチが並んでいる。

開け放たれたドアの奥にある従業員用休憩室では、従業員たちが楽しそうに談笑していた。

私のような平民がお使いで訪れるにはこういった裏口を使うのか……。

ふふ、表から入ったら確かにああなるよね。

「私の名前はコーデン。君は？」

「マリーです」

「マリーはここに座ってちょっと待ってて」

コーデンさんは愛想良く背もたれの付いた古い赤茶のベンチへ私を案内し、奥へと消えて行く。

なんて礼儀正しい人なんだ。

削られたメンタルがみるみる復活。

戻って来るとお水の入ったガラスのコップを手に持たせてくれて、私の目線に合わせて膝《ひざ》を突いた。

「何を買いに来たのかな？」

私は笑顔で「植物の種と、調合用機材一式です」とサインの入った申請書を手渡した。

ちょっとドキドキ。

その申請書に目を落としたコーデンさんは、慌てた様子で奥に走って行く。

あはは。やっぱりあの爆発草がネックだよね。仕方ない。

待っている間は他の店員さんに「お使い偉いね」と褒められたり「良い子だね」と撫でられたり。

ふふふ。まるで初めてのお使いみたい。

初めてのお使いだけど。

手元のお水がなくなった頃、皺のない真っ白なシャツにグレーの高級そうな生地のジャケットとパンツをきちんと着た、赤黒い髪の頭の良さそうな中年の男性を連れてコーデンさんが戻ってきた。


「これは誰に頼まれたのかな？」

「私が申請しました。自分で買うように言われて。ちゃんと教会の購入カードも持っています」

なるほどなぁ。

お使いを頼まれた人がテロリストだと疑われるから、ノーテさんは自分で行けと言ったのか。

「手元にない品もあるからすべて揃ったら確認も兼ねて教会に届けに行くけど、それでいいかな？」

「問題ありません。支払いはこのカードで」

カードを差し出すと、コーデンさんはそれを丁寧に受け取り奥へと向かう。

「私はボルドーと言います。お嬢さんのお名前はマリーでいいかな？」

「はい」

「もしかしてマリーは、Ｓ級冒険者の黒龍さんの所のお子さんかな？」

「はい」

ボルドーさんはハートさんを知っているんだ。

身元が保証されたら、今後も危険な種を売ってくれるのかな。

「そうですか。今後も必要なものがあれば、この裏口からいつでも来てくださいね」

「はい。そうさせて頂けたら助かります」

つまみ出されたお店には裏口からでも行きづらいし、顔見知りが出来たら今後も楽だし。

正直、ありがたいな。

そしてカードと商品の引換証を受け取り教会に戻ろうとすると、ボルドーさんが送ってくれると言ってくれた。

大通りを歩いていたら、馬に乗った第一聖騎士団がゆっくりとこちらに向かって来る。

「やっぱりマリーか。こんな所で何をしている？」

「あ、団長さん！　お使いが終わったので、ボルドーさんに送って貰って教会に帰るところです」

「まさか一人で来たのか?!　まったくもう、この娘は」

団長さんが呆《あき》れた声を出すと副団長さんが苦笑いをしながら馬を降り、私を抱き上げて団長さんの馬に乗せてくれた。

「ボルドー。あとは私が」

「聖騎士様たちもお気を付けて」

私はボルドーさんに手を振って、凄く高い位置から眺める町の風景に感動しながら教会に戻る。

もちろんその後ノーテさんに『外出時は聖騎士に声をかけるように』とこっぴどく叱られ、それを知られたガインさんにもめちゃくちゃ怒られた。

骨身にしみました、二度としません。

私のような幼い子供が一人でフラフラしていると、すぐに誘拐されて売られるのに。

生まれ育ったルバーブ村は日本より平和だったから、ついそのことを忘れてしまう。

なんて物騒な世の中だ。

# 閑話　教育係ノーテの報告　教皇様目線

「教皇様、ノーテが参りました」

「うむ。ノーテとモーラス司教以外は下がりなさい」

わしがそう言うと、奥の部屋や本棚の前にいた神官たちが静かにこの執務室を後にする。

ノーテはいつものように髪を一つにまとめ、銀縁眼鏡の端を片手で軽く押さえながら、神官たちの波と入れ違うように部屋に入ってきた。

わしはあの、一方的に加護を奪われた不遇の子《マリー》が心配で仕方がない。

扉が閉まる時間がこんなに遅く感じることは、今までなかったわい。

「そ、それでノーテ。マリーの様子はどうじゃ」

出張から戻ったわしは思わず前のめりで質問をすると、ノーテは少し驚いた顔をして書類をモーラス司教に渡した。

モーラス司教はこの教会を取り仕切っていて、少し気性は荒いが有能な男だ。四十半ばで教会本部の司教になれるほど人望も家柄も政治力もある。わしのいない間のマリーのことも、任せられるくらい信頼している。教会内でマリーの光適性を知っているのは第一聖騎士団長と副団長、そしてこの男だけだ。


「詳細は後でそちらをご覧ください。印象としては、全般的に学習能力が高いと思われます」

「と、いうと？」

「ドアをノックしたら、きちんと自分で開けました」

「ん？」

そんな当たり前のことを？

「……。その習慣がない者には難しいのです。でもマリーは一度目にしたことを、すぐに実践しました」

「な、なるほどな！」

うむ。よく分からん。


「それと、一番驚いたのが食事ですね」

「ほう」

あの辺境のルバーブ村は、大人でも食べる時は、棒か手摑みだったようじゃしな。

今から躾《しつ》ければ十分間に合うはずじゃ。

「完全に馴染《なじ》んでいました」

ん？

「すごく上品だったとか、下品だった、ではなく？」

「そうです。全く周りの白神官と同じで、違和感がなかったのです」

ん？

「それのどこが驚くのじゃ？」

「本人に確認したところ『食事の際は周りに合わせ、同じように食べることが習慣になっている』と言っておりました」

「ほう」

考えたこともなかったわ。

上品であればあるほど良いと思っていたが、そういうものなのか。

「場所によっては手摑みで食べるそうですし、上級貴族のマナーも習得しているそうです」

確かにあの子の立ち振る舞いには気品があったが、上級貴族のマナーまで……。

あの年で、そこまで頭が回るのか。

「そして、夜は寝ますし、時間になれば起きてきます。自分で立てたスケジュールに合わせ、時間に正確に行動します」

「それも六歳の子には珍しいのか？」

「ええ。まず教育係はそこから教え始めるのですが必要ありませんでした。あんな緻密なスケジュールを立てて来るのは想定外でしたが」

「今は何を教えているのじゃ？」

「何も」

「へ？」

「本来、六歳の子供は規律を教えることをメインに、一日一時間ほど庭掃除のような簡単な仕事をさせ、それ以外の時間は、他の子供たちと共に学ばせ共に遊ばせるものです。勝手ながらマリーにその教育方法は合わないと判断させて頂きました」

「で、何も教えていないのか？」

「マリーは読み書きや計算はもちろん、地理や歴史も一般常識程度の知識があります。困った時に多くの子供のように泣いて大人の注意を引くのではなく、的確に助言を求める賢さも。ですから、六歳の子供にこれ以上の教育は必要がないと。もっと自由に柔軟に、彼女の興味のあることをさせていこうと思います。少々危機感が足りないので、その辺は徹底的にたたき込んでおりますが……」

なんともまぁ……。

「母親からは好奇心旺盛で少し気が強いと聞いていたのじゃが、そんなに賢いのか」

「そうですね、好奇心は旺盛ですね。先日は変わった種を欲しがるので専用カードを渡し、自分で買いに行かせました。その報告書の内容は大人以上でしたよ」

なるほどな。

下手に口出ししない方が良いのかもしれんな。

「研究開発がしたいと言うので周囲の安全のためもありますが、庭師のドーマンの監視の目が届くので裏庭の離れの部屋に移動させました」

研究開発……。エリートの中のエリートが集まる、この本部の白神官みたいなことを……。

ま、まぁ、あそこなら設備も揃っているしな。

じゃが、あんな所に一人で怖くないのかな？

いや、ノーテがそう言うなら平気なんじゃろうな。


「それと……。資料室の整理もやらせています」

資料室ってあのごみ溜めの……？

人を配置すると数日でみんな逃げ出してしまう、あの？

「なぜ？」

「ああいう賢い子は難しい課題を出さないと、飽きてしまいますからね。それにもっと人に頼ることも学ばせたいですし。手を貸すつもりで相談に来るのを待っていましたが、あの子ったら私の想定以上の方向で……。ふふふ」

う――――ん。

ま、まぁ、ノーテが、そう……言うのなら……。

「……。あまり無理をさせんようにな。今後も定期的に報告を頼む」

「かしこまりました」

ノーテにはマリーの適性のことも、家庭の事情も説明しておらん。

ただ白神官になれるように育てて欲しいという、わしの無理な注文に対応してくれておる。

これは、一番評判が良かった教育係の彼女にしか頼めなかったな。

各方面を見守っているモーラス司教も頷《うなず》いておるから問題なかろう。

それにしても最初はあんなに渋った教育係の復帰も、今じゃ楽しそうでホッとしたわ。

# 守りたい理由

今日は教会の休息日なので『周りに親子アピールをするために、二人だけで遊んで来い』と実家に帰るガインさんから朝早くに家を追い出された。まったく、いっつも急なんだから。

というわけでこれからハートさんと一緒にお出かけだ。

真面目なハートさんは悩んだ挙句、私に魔獣狩りを見学させるために冒険者ギルドにやって来た。要するに、簡単な依頼を探しに来たのだ。秋の終わりなのに今日はあったかいし、公園でピクニックでも良かったのに。

「よう」

厳つい冒険者がニヤニヤしながら、ハートさんの前に足を出す。

私を抱っこしているハートさんはうんざり顔でため息を吐くと、いつものようにその足を蹴り上げた。

「いってぁなぁ」

「フン。マリー、ゴバスと一緒にちょっと待ってて」

「はーい」

私はガインさんくらい体が大きくて顔が怖いゴバスさんに抱っこされ、いつものように厳つい冒険者さんたちのおもちゃになる。

「マリー。何か欲しいものはあるか？　何でも買ってやるぞ」

「寒くないか？　おじちゃんの膝の上に乗るか？」

「こんな顔の怖い奴、嫌だよなー。こっちおいでー」

「こっちには甘いお菓子があるぞ」

全員の顔が怖いから何とも言えない。

そんな人たちに猫なで声で、顔をプニプニされるから笑うしかないけど。

「ふふふ。みんなが怪我をしないで、無事に戻って来てくれたら嬉しいな」

面倒だからにっこり笑って、殺し文句で黙らせる。

「うぅ。マリーは本当に良い子だなぁ」

「ハートみたいな冷たい男に、なんでこんなに優しい娘が……うう」

「おじちゃん、マリーのためなら何でもするからな」

「そうだぞマリー。何かあったら何でも相談するんだぞ」

おじさんたちがおろおろと泣き出した。

やばい。やりすぎた。

助けを求めてハートさんを見ると、依頼掲示板の前で色っぽいお姉さんとイチャイチャしてるし。

もう、いっつもそうなんだから！

「よーし、マリー。そろそろ行くぞー」

「はーい。じゃーねー」

私はハートさんに抱き上げて貰うと、厳ついおじさんたちに手を振って冒険者ギルドを後にした。


「ふふふ。モテモテじゃないですか」

「マリーもな」

いや、意味が全然違うし。

さっきのお姉さんからお弁当を貰ったので、後で一緒に食べようだって。

あのお姉さんはよく私を心配してくれる『姉さん』と私が呼んでいる人で、ハートさんと一緒にいる所をたまに見る。若そうだしフェルネットさんよりは下っぽい。

なのにあの色気……。羨ましい。何を食べたらああなれるのか、今度相談してみよう。

「私、お母さんが出来るのですか？」

ゴッ！

軽く頭をチョップされた。

「むぅ」

「そんなわけないだろ」

「だってー」

「心配するなって。そういうんじゃないんだ」

別にハートさんに彼女が出来てもいいんだけどさ。

秘密がバレるのを警戒して、交友関係を制限するのは違うと思うし。それに相手があの姉さんなら、その心配もないと思うけどな。


「この辺には獲物が多そうだ」

「索敵していたのですか？」

「索敵していなかったのか？」

藪蛇だった……。

「ははは。最近忘れがちで……」

「子供のうちに慣れておけば後が楽だぞ。ほら、索敵、索敵」

ハートさんはとにかく私が自分で身を守れるようにと、指導に熱が入りすぎる。

索敵はエリート集団の聖騎士ですら、出来る人がほとんどいない高度なスキルなのに。

うぅ、前より酔わなくなったけど、疲れるから索敵キライ。

小さな弓はハートさんが魔力を流すとグンッと大きくなった。

私は索敵しながら近くの丘で、ハートさんがウサギを狩る姿を見学する。

どこにも人がいないのに、誰に親子アピールをするのだろう。ぷぷ。ハートさんのこういう所は天然だよね。


はぁ、木漏れ日が眩しいな。ポカポカして寝てしまいそう。

「結界を張っているのですから、もっと遠くでもいいのですよ。どうせ誰も見てないし」

「今日はフェルネットが来られなくて、俺一人だからね。シドさんもあの大衆食堂の女将さんと出かけたし。それに依頼も一角ウサギの肉だから」

師匠は彼女とデートか。

まぁ、このウサギさんは美味しいから依頼も多いし、無駄にいっぱいいるし。

今日は外泊許可もあるから、夕飯はウサギさんだな。

「そういえばフェルネットさんって、今日はどうしたのですか？」

「多分ガインさんの実家に付いて行ったんじゃないか？　王都のすぐ近くの町だし。あいつはガインさんの家族が大好きだから」

あぁ、なんか分かる。

「似た者親子ですよね」

「フッ。ほんとだな」

ふふふ。そういえば、この間のフェルネットさんの家族の話も笑ったなぁ。

家族揃ってフェルネットさんと同じ性格なんだもん。上級貴族のお兄さんたちもみんな中二病だし。そういえば、ハートさんの家族の話は聞いたことがなかったな。

「あの、ハートさんのご家族のことって、聞いても良いですか?」

「ああ。死んだよ。冒険者に殺された」

しまった。軽率だった……。

「ごめんなさい」

「ははは。いいんだ。隠すつもりもないし。いつか話そうと思ってた。それに、マリーには知っていて欲しいいな」

気まずそうな顔をしている私が罪悪感を抱《いだ》かないように、ハートさんは優しく微笑んでくれる。

手に持った弓を小さくすると私の隣にそっと座り、とても、とても優しい声で話を始めた。

「俺の両親は旅商人でね。五歳の幼い妹と十歳の俺と父と母の家族四人で、いろいろな物を売りながら街を渡り歩いていたんだよ。その日は森を抜けるため、冒険者を雇って……」

深い森の中で別の冒険者が、雇った冒険者を追いかけて来た。そして雇った冒険者は口論の末、追いかけて来た別の冒険者に殺されてしまう。

「おそらく依頼の横取りなどの、よくあるトラブルだろうな。目撃者だと思われたのか、荷馬車にいた丸腰の両親と妹が殺された。全員殺してしまえば、魔獣に襲われたことにも出来ただろうし。でも、本当の理由は分からない」

前で手綱を握っていたハートさんは、父親からの『逃げろ』と言う声と妹の悲鳴に動揺し、動けなくなる。

そして追い詰められた時、いきなり風魔法が暴発した。生まれつき魔力量が多かったハートさんの魔法の暴発は、意識まで飛んで制御不能だったそうだ。

「気が付くと、周りは血の海だった。どのくらいそこにいたのか分からないが、通りがかったシドさんに拾われたんだ」

『家族を守れなかった』って言ったハートさんに『ちゃんと仇《かたき》は討《う》っただろ。偉かったな』と何度も褒められたのが救いだったたって。

身を守るためとはいえ、人を殺してしまったハートさんの心が壊れないように、師匠がずっと肯定し続けてくれたんだって。

「それからずっとシドさんと旅をした。ずっと人を守りたいと思ってた。家族をね。何かを守らないと壊れそうだった俺に、シドさんは護衛専門で活躍していたガインさんを紹介してくれた。ガインさんは俺が子供だからと馬鹿にせず、たくさんのことを教えてくれたよ。ふふ。そこにやんちゃなフェルネットが加わって、賑やかになった」

この人の心がこんなに強くて優しいのは、師匠やガインさんの優しさに触れて育ったからなんだ。

「師匠もガインさんもフェルネットさんも、みんなハートさんの家族なのですね」

「ああそうだ。俺の家族は〝黒龍〟だ。もちろん、マリーもだよ」

ハートさんがいつものように優しく笑い、目を細めて私の頭を撫でてくれる。

ふふふ。家族、家族かぁ……。

私が愛されたくて堪らなかった、ルバーブ村の私の家族。

彼らのことを思い出すと、胸がチクリと痛くなった。

だからかな。

みんなは言い聞かせるように、何度も私にそう言ってくれる。

私を愛してくれる家族はここにいると。

「さてと！　狩の続きだ！」

ハートさんが明るい声を出して立ち上がると、丘の向こうをめがけて矢を射った。

げ、索敵解除してたのに。

むしゃ、むしゃ、もっ、もっ、もっ、もっ。

このお弁当、めちゃくちゃ美味しい……。

「姉さんって、料理上手ですね」

「そうだな。意外でびっくりしたよ」

家庭的には見えなかったけど、料理上手とかポイント高いな。しかも美人だし。

「料理上手なお母さんが欲し……」

ゴッ！

「いたっ」

くぅ。ちょっと揶揄《からか》ったら睨《にら》まれた。さっきより力が強かったのですけど。

やばい、次の剣の稽古が怖いな。笑顔が氷のように凍《い》てついている。

これ以上揶揄うのは危険すぎる。

家に帰ってガインさんに話したら、やっぱり翌朝の稽古は容赦なかった。

ガインさんがあんなにニヤニヤするんだもん。喋った私も悪いけどさ。

でもお母さんが出来てもいいのはホントなのに。いや、年齢的にはお姉さんか。

とにかく遠慮なんていらないってことを、伝えたかっただけなのにぃ。

# 裏庭リフォーム

種を買いに行ってから数カ月。季節はもうすっかり冬だ。

私の任された裏庭は、すっかり綺麗になっていた。

いや、綺麗になりすぎて、もはや、ただの更地。

ごみを捨て、落ち葉を捨て、雑草を抜き、強力なツタも花壇の枠も全部撤去した。

庭師のドーマンさんに、プロ用の道具を自由に使わせて貰えて本当に助かった。

ここに私の癒し空間が出来ると思うと胸が躍る！

前世でも少しだけ家庭菜園をやっていたけど、ＤＩＹがこんなに楽しいものとは……。ハマる人の気持ちが今ならすごく分かる。

はぁ、夢が広がるなぁ。

こうやって見ると、薄暗かった裏庭はかなり明るいし。

それもこれも、全部あのツタのせいなのだ。

見た目以上に強力なあいつは本当に厄介だった。あいつのせいで、ここまで来るのに冬になってしまったし。
私以外、誰も急いでいないけど。
喜び勇んで購入した種は、まだ、まだ出番がないけどね。春になったら種を蒔こう。
うふふん。楽しみ、楽しみ。

図書室で借りた植物図鑑を参考に、苗に最適な土の成分を調査した。白神官さんに字が読めることを驚かれたのは意外だった。田舎じゃステータスを役場の人が代理で読んであげるんだって。
そう考えるとルバーブ村は、識字率が高かったみたい。知的なお父さんが腕力至上のヒャッハーな世界を嫌がって、そういう地を好んで移住したのだろうけど。

とりあえず、三等分に花壇を分けようと思う。
木の棒で何度も線を引き直し、花壇の位置決めに頭を悩ませる。
うーん。日当たりも考慮したいし、荷物の搬入経路や動線も確保して……。
結局、前に花壇があった跡地より少し大きめな楕円を描いた。
土の成分を変えるのに、緑魔法があれば簡単なんだけどなぁ。
でもハートさんから魔法禁止令が出ているし、あとで肥料を買いに行くとして……と。
その前にレンガで周りを囲んで、区分けの線も引きたいな。

これも土魔法があれば簡単だけど、でも自力で頑張るのだ。

まずはレンガの調達をしなきゃ。

私はドーマンさんを捜して表の庭園に出ると、同年代の黒神官たちがほうきを持ってキャッキャウフフと楽しそうに遊んでいる。

ここは平和だなぁ。

丁度そこに梯子《はしご》を抱えて歩く、赤茶の口髭と黄色いチェックのシャツがトレードマークのドーマンさんの姿を見つけた。

「ドーマンさーん」

大きく手を振ると、クシャッと笑って手を振り返してくれる。

「いらないレンガください！」

「がははははは！」

駆け寄っていきなり言ったら、ドーマンさんが口を大きく開けて豪快に笑った。

「こっちの用が済んだら、後で裏庭に運んでやるよ」

理由も聞かずにドーマンさんは、嬉しそうに笑う。

「やったー！　ありがとうございます！」

「ふはははは。マリーもすっかり庭師の仲間入りだな！　将来は庭師になるか？　分からないことがあれば、いつでも相談しにおいで」

翌日、思いもよらない量の白っぽいレンガが裏庭に出現し、流石の私も苦笑い。薄い色のレンガは初めて見たけど、そういえば表の庭園は白いレンガで舗装されていた。

よーし！　千里の道も一歩から。まずはレンガを並べてみよう。

一段ずつずらして並べればいいんだよね。せっせとレンガを横にして、互い違いに並べてみる。

でも……積んでみたら、思ってたのとなんか違う……。

私が想像してたのはこんなのじゃない。

私は積み上げたレンガから少し離れて観察した。

何が違うのだろう……。

あ、隙間がない。タイルの目地材みたいな、間に何かが必要なんだ。隙間なく一つの石みたいに積まれたレンガを見て、やっと私は気が付いた。

もしかして、この袋の中の白い粉？

困った時のドーマンさんに相談したら、作り方を教えてくれた。そしてレンガの積み方も。

……レンガ奥深い。

ドロドロで接着しないと崩れるとか、そんなこと初めて知ったよ。しかも面積の一番小さい面が見えるように並べるなんて。レンガの壁をじっくり観察なんてしたことはないけれど、積み方にも種類があるらしい。

花壇の強度もそうだけど『ちょっと腰もかけられるし、その方が便利だろうって』ドーマンさんが言っていた。

次の日、教えて貰った通りに水を入れながら棒でかき混ぜて、何とかドロドロを完成させる。

ふぅ、風が冷たくて耳と手が死ぬ。

でも、ワクワクしてやめられない。ＤＩＹの醍醐味は、このワクワク感だよね！

ドーマンさんに言われた通りにレンガを積み始め、お昼の鐘が鳴る頃には体がガチガチだ。

続きは明日かな。まだ積み始めたばかりなのに、もうかわいい。

春までには完成させて、苗を植えたいな。どうしよう、ワクワクが止まらない。

うふふふ。


ある日の朝、裏庭で一人、白いドロドロだらけで仁王立ちする私の前に天使が現れた。

「わぁ。ここには何が出来るの？」

天使じゃなくて、制服を着たかわいい男の子だ。

色素も薄いし金髪で目も薄い青。なにより、透明感が凄い。私より背が高いから年上かな？

「ここに、裏庭薬草庭園を造るつもりなのですよ」

「裏庭薬草庭園？」

おっとその前に、良いところのお坊ちゃんがこんな所にいたら大騒ぎになる。

のんびり雑談している場合じゃない。

「迷われたのですか？」

「そう。探検をしていたらね」

とても迷子には見えない堂々とした仕草で微笑む彼は、まさに天使。なんてかわいいの！

女の子と間違われそう。

「じゃあ周りが心配しているかもしれないので、表の庭園までご案内しますね」

「ありがとう」

彼を表の庭園まで案内すると案の定、数人の教会学校に通う制服組が彼を捜していた。

お友達かな？

周りの心配をよそに彼は能天気に笑っている。呆れた顔の生徒たちは、彼を連れて教室に戻って行った。

良かった。彼はみんなに好かれているみたい。

彼の周りはそんなホワホワとした、優しい雰囲気に包まれていた。

制服組がこっちに来るのは珍しいな。

それにしても、本物の天使みたいにかわいい子だったなぁ……。

じゃなくて、早く着替えてボルドーさんのお店にお買い物に行かないと！


「こんにちは、ヴィドバリーさん。今日は護衛をよろしくお願いいたします」

「こんにちは。マリーちゃん。年も近いし、見習いだし、そんなにかしこまらなくっていいからね」

ボルドーさんのお店に行く前に、聖騎士さんに護衛を頼みに来た。

一緒に来てくれるのは第一聖騎士団の、聖騎士見習いのヴィドバリーさん。色白の金髪で、薄い黄緑の目をした成人したての十五歳。第一聖騎士団は教皇様の直轄部隊だから、彼はエリート中のエリートだ。

流石に聖騎士さんと歩くのに、ボロを着ては行けない。

ノーテさんから『寄付された外出着が沢山あるから、それを着て行きなさい』と言われたけれど、団長さんが娘さんのお古を沢山くれたので、そっちを着て来た。

紺色で裾が広がった膝丈のドレス。コートも同じ色で銀のビーズが星空のように散りばめられている。背中のウエスト部分には白いリボンが付いていて、今日の私はお嬢様のようなのだ。

お店の裏口に顔を出すと、休憩室にいたお店の人が笑顔で紺髪のコーデンさんを呼んでくれる。

「今日は肥料をお願いします」

コーデンさんはカードと申請書を丁寧に受け取ると、ボルドーさんを連れて戻って来た。

「おやおや、聖騎士様を裏口に通しては申し訳ない。ぜひ、表にお回りください」

「既に注文は終わっているからここで構わない。そうだよね？　マリーちゃん」

「はい」

「そうですか。次は表からお願いしますね」とボルドーさんは苦笑い。

はは。

確かに今日は表からでも良かったかな。せっかくのお嬢様服なんだし。

ベンチに座って待っていると、コーデンさんが引換証とカードを丁寧に私の手に持たせてくれた。

「いつものように品物は、教会の裏庭にお届けしますね」

「はい！」

私はヴィドバリーさんと手を繋いで、歩いて教会に戻る。

ヴィドバリーさんは見習いなので、勤務中は馬に人を同乗させる許可が下りていない。

「マリーちゃんはあんなにたくさんの肥料をどうするの？」

「薬草を育てるのです。緑魔法が使えないから、肥料が必要なのですよ」

「へぇ。緑の人に頼まないの？」

「聖騎士さんと違い、一般の人の魔力量は非常に少ないですからね。そう気軽に頼めません」

「なるほどなぁ」

ヴィドバリーさんは、しきりに感心している。

あ！

青の変な帽子を乗せた店員さんが、はたきを持ったまま目を丸くして私を見てる！

へへんだ。見てよ、この服！　私は得意げに顎を上げて背筋を伸ばす。

逃した魚は大きかったぞ！

大きな魚かどうかも分からないけど、勝手に溜飲を下げて満足した。


あれから聖騎士見習いのヴィドバリーさんは、時々、裏庭薬草庭園（予定）に来るようになった。

実家の領地が主に薬草を扱っているらしい。

なので私から聞く薬草によって変える土の成分や、効能を高めるために使う肥料などに興味津々なのだ。

ちょっとだけ貴族を見直したよ。

貴族って、もっと、こう……。

刷り込まれた、ラノベの悪徳貴族イメージが抜けないので詳細は自粛。

ヴィドバリーさんの家は侯爵家で、山の向こうの領主さんだとかなんとか。

貴族社会には詳しくないし関わりたくないので、失礼にならないよう気を付けるのみ。

そして、あの天使君はヴィドバリーさんの弟さんで更にビックリ。

世の中狭いなぁ。言われてみれば、色素が薄い感じは確かに兄弟っぽい。

だからこの兄弟、やたら裏庭薬草庭園の制作過程を見学に来る。

そして、なにかと手伝おうとするの、ホントやめて欲しい。


「このレンガをここに積むんだよね？」

「そうですけど、絶対に触らないでくださいね。見学以外禁止ですよ」

「俺は聖騎士で護衛なんだから、ちょっとくらい良いんじゃないかな？」

「……。早く訓練に行ってください」

やれやれと、ヴィドバリーさんは肩をすくめて弟君を置いて帰っていった。

弟君の名はエヴァスルーゼン。私の一つ上の七歳。学力も魔力量も基準を満たさないと入れない、あの教会学校に通っている制服組。貴族なら相当な寄付もしていそう。

彼はパッと見はホワホワしているけれど、七歳にしてはとてもしっかりしている。地頭も良いのだろうけど、教育も良い様子。ヴィドバリーさんもいい人だから、きっとご両親がいい人なんだろうな。次男なのに、長男が聖騎士になったので家を継ぐらしい。

「お怪我でもしたら大変です。エヴァスルーゼン様は、そちらにお座りください」

「エヴァスでいいよ」

そういえば、いつもの胡散臭い笑顔の執事はどこよ。

坊ちゃんを一人で放置しないで……と思っている所に「こちらにおいででしたか」と執事が毛布やらバスケットやらを抱えて歩いて来た。ビシッと決めた七三分けの黒髪は、風が吹いても髪の毛一本乱れない。若いけど老けているのか、若く見えるけれど結構な年齢なのか、それとも見た目通りの三十歳くらいなのか。この年齢不詳の腹黒執事は、妙に落ち着いているんだよね。

ここにいると分かっているからこその、余裕なんだろうけどさ。

もっと危機感を持ってよね。


いつの間にか建築現場で優雅にお茶とか始めちゃうけど、あえて突っ込まない。

気にしたら負け。

そんなお貴族様のお遊びは無視して、無心にレンガを積む。

ひたすら積む。

ドロドロを作っては積む。

昼食の鐘が鳴ったので作業を終わらせると、私の前にサッと執事が手を洗うためのお湯の入った桶を差し出した。

気が利くな……。

「ありがとうございます」

相変わらず胡散臭い笑顔の腹黒執事にお礼を言うと、ドロドロだらけの黒神官服のまま椅子に案内され、目の前にどんどん昼食が並べられていく。

え、まさかここで、お坊ちゃんと一緒に食べろってこと？

私も負けじと「失礼致します」と余裕の笑顔で座った。

「……」

共通の話題がないのが辛い。

だからといって坊ちゃんに、学校はどうしたよ……とはさすがに直球すぎて聞けないな。

なんて、面倒な。

「エヴァスさん。普段このお時間は、何を？」

「学校で勉強をしているよ。今日は学校の都合で自習になったので、ここで勉強させて貰ったよ」

お茶をしながら黒神官がレンガを並べる姿を見るのは、勉強とは言わない。

「まだ、苗を植える段階ではなくて申し訳ございません。退屈でしょう？　春には完成予定ですよ」

『春まで来るなよ』と、ほぼ直球だけど遠回しに笑顔で伝える。

執事とアイコンタクトで『ちゃんと見張っとけ』と無言で釘も刺しておく。

「いえいえ、退屈だなんてそんな……。本当はお手伝いしたいけれど、周りが許してくれなくて。

でも、とっても楽しいよ」

ああ、全然通じてない。

そして、私はちっとも楽しくない。

そんなんじゃ貴族社会どころか、京都でさえ生きていけないぞ。

後で執事から話を聞いてよね。

「……私もですわ。おほほほほ」

にっこり笑ってドロドロだらけの黒神官服で優雅に微笑んだ。

もう無理。

# 初めてのお友達

数日後、制服組のぽっちゃり系女子（おそらく一般人）が迷い込んでくれたおかげで、レンガを積むのが捗《はかど》った。

この人手《ひとで》を逃すまいと最初は戸惑う彼女を説得し、一緒にレンガを積んで貰うことに。制服組で一般人女子は貴重すぎる！

この単調作業は、一人じゃ飽きるし。

でも、流石にそのままじゃ制服が……。

「制服が汚れちゃうし、私の神官服に着替えましょうよ」

「いえ、そこまでは申し訳ないですし……」

「遠慮せずに、こっち、こっち。神官服は洗濯に出すと、翌朝、綺麗になって戻って来ますから」

カトリーナは「じゃあ、お言葉に甘えて」と遠慮がちに黒神官服に着替えてくれた。

ちょっとピチピチだけど似合ってるよ！　カトリーナ！

艶々なオレンジ色のふんわりウェーブなロングの髪。どこから見ても素敵神官！　黒神官にしてはゴージャスだけど。

「これで思いっきり動けるわね！　ありがとう、マリー！」

カトリーナが黒神官服の袖をまくり髪を一つにまとめると、急にやる気を見せて笑顔になる。

楽しそうで良いけど、制服一つでそこまで喜んでくれるとは。

「うふふ。無理しないでくださいね」

「もちろんよ。あの砂袋を、ここに運べばよろしいのよね？」

ははは。

カトリーナはドロドロの素が入った汚い袋を肩に担いで走ったり出来ちゃう素敵女子。

あ、あれを二袋もいっぺんに……。力が凄いな。


「へえ、この薬草の苗はやけどの傷に良いの？　すごいわね」

「そうなのです。この薬草は再生作用があるから、傷口に塗ると綺麗に治るのです。それに、こっちの薬草の苗は……」

私は彼女に薬草の種類や効能を、ここぞとばかりにオタク全開で解説をする。

カトリーナはそれを興味津々に聞いてくれていた。

お話をしながらの作業は思っていたよりずっとずっと楽しい。

私たちは話すうちにとっても仲良くなっていった。

それにしても、彼女は本当に一生懸命だった。

レンガを運んだり、積んだり、ドロドロを作ったり。

何が彼女をそうさせるのか……。これがＤＩＹの魅力かな。


「カトリーナ！」

「マリー！」

私たちは感極まって、汚れたままの神官服にもかかわらず固く抱き合う。

そう、やっとレンガを積み終えたのだ！

後は土を入れて、発芽させた苗を植えるだけ！

やっと、やっと、念願の薬草が育てられる！

「カトリーナのおかげで、やっと完成しました！」

「とうとう完成しちゃいましたね」

週に二日も午前中、学校をサボらせてごめんね。

代わりに計算や読み書きは教えたけれど、他に出来ることがあれば何でもするよ。

「ひと月で完成したのは、すべてカトリーナのおかげ。カトリーナがいてくれて、本当に楽しかったです」

「マリーのおかげでダイエットが順調よ。見てよ、これ！　すっかり神官服がブカブカなの」

カトリーナが神官服のお腹の辺りを引っ張ってみせる。

あ……。確かに痩せてる……。

あんなにピチピチで、はち切れそうだった神官服にゆとりが出来ていた。

「すごく綺麗になりましたわ」

「ありがとう、マリー。目標まで頑張るわ」

ふふふ。こっちがありがとうなんだけどね。

「また時々来ても、よろしいかしら？」

「もちろんです！　お友達じゃないですか！」

「お友達になってくださるの？」

「私たちは、お友達を通り越して戦友ですよ！」

カトリーナのために、ここにハーブも植えよう。

ミントやカモミールもいいな。そんなハーブを探してみよう。

「お茶会が出来るように整備しますね」

「楽しみにしておりますわ」

少し痩せて綺麗になった彼女は私の部屋で制服に着替えて一つにまとめていたオレンジ色のゴージャスな髪を下ろすと、どこかのお姫様みたいに見えた。

ここまできたら絶対に魔力を使わずに、薬草を育てて見せるのだ！

# 十歳になったマリー

「「「マリー！　十歳おめでとう！」」」

「ありがとうございます！　みなさまのおかげで、こんなに幸せな十歳の誕生日を迎えることが出来ました！」

「大きくなったな」「これで嬢ちゃんも一人前だ」「もう子供扱い出来ないな」「背も伸びたね」「わしはどんなマリーも可愛いぞ」

夏の終わりの十歳の誕生日。おじいさまの家のリビングで、私はおいしそうな匂いに包まれている。

おじいさまは朝から腕によりをかけてお肉を焼き、ガインさんが私の大好きなチーズ味のスープを作ってくれた。師匠は芸術的な飾り付けをしたサラダやキッシュを作ってみんなを驚かせ、ハートさんとフェルネットさんで可愛いケーキを焼いてくれた。部屋の中は、色とりどりの綺麗なお花が飾られている。全部、全部、私のために。嬉しくて涙が出そう。

誕生日を毎年祝う習慣のないこの世界だけど、五歳は加護の儀式、十歳の節目、十五歳で成人と、盛大に祝う。

世間では五歳になると、商人の子供は店の手伝いを始め、農家の子は魔力を注ぐ練習が始まる。十歳になると一人前。といってもこれは昔の話。今は十歳でも独《ひと》り立ちせずに親元でのんびりお手伝いしている家庭がほとんどだし、学校に通う子はお手伝いすらしていない。だから十歳の誕生日祝いは、やらない家も多い。現代っ子だね。

それなのにこんなに盛大に祝って貰えるなんて。みんなは私に寂しい思いをさせないように、いつもこうして素敵な思い出をたくさんくれた。

「さぁ、料理が冷めないうちにみんなで食うぞ！」

「「「「おー!!」」」」

みんなは席に着くと、楽しそうにわいわいしながら、大皿に乗ったおいしそうな料理を取り分けている。私はあまりにも嬉しくて、幸せで、取り皿を持ったまま、ただ笑ってその光景を見ていた。

「ほれ、マリー。今日の肉は特に自信があるぞ」

おじいさまが肉汁とフルーツソースで艶々になったお肉を切り分けて、たっぷりとお皿に乗せてくれる。

「私、これ、だーい好き！」

「こっちのキッシュも嬢ちゃんの好きな木の実が入っているぞ」

「わぁ、おいしそう！」

「おいおい、このスープなんてマリーの大好きなチーズがいつもの倍だぞ」

「デザートの分のお腹は空けとけよ」

「そうだよ、マリー。ハートさんと二人で頑張ったんだから！」

あっという間に私の前は取り分けられたご馳走でいっぱいになった。

「うふふ。チーズもデザートも別腹です！　育ち盛りですから！」

「わはは、わしの分もいっぱい食べて、大きくなれー！」

「「「わははははは」」」

おじいさまが魔法を掛けるしぐさをしてみんなを笑わせる。

私は一口ずつそれらを口にして「おいしい」と笑顔になると、みんなも「そうだろう」と笑顔で食べ始めた。

どうしよう。幸せすぎて怖いくらい。

これからもずっと一緒にいられるように、いつか絶対に恩返しが出来るように頑張ろう。そして、たくさんのありがとうを伝えよう。

「はぁ、楽しかったぁ」

ガインさんたちは明日も仕事があるので門限前にハートさんに送って貰い、私は外泊せずに教会に戻って来た。

忙しい中私のために時間を作って、あんなに準備をしてくれるなんて……。

ふふふ。ケーキまで手作りだなんて。今度作り方を教えて貰おう。

自室のベッドの上に寝転んで、手のひらの上に魔力で凝縮した水を五個出したまま、自分に回復や解毒の魔法をかける。

教会に来てからの四年間で私もかなり成長した。背も三十センチくらいは伸びたかな？

ハートさんの胸の辺りまで伸びたから、もう抱っこはして貰えない。

教会の生活にも慣れ、神官や私服職員とも仲良くなった。時には教皇様とお茶をして、普通とは言いがたいけど平穏な毎日だ。

さてと……。

私は片手で水をジャグリングし、そのままゆっくり窓の外まで運ぶとパンッと弾《はじ》いて霧散《むさん》させた。

ふふん。

明日も早いし、早く寝なきゃ……。


お掃除、お掃除、ランランラン。

裏庭薬草庭園は今、とっても素敵空間になっている。

珍しい薬草やハーブでいっぱいにした完全に趣味の空間。

花が咲いていないのでパッと見は雑草だけど、これは全部、宝の山なのだ。

ノーテさんにここを見せたら、素人が育てるのは難しい薬草ばかりですごく驚かれた。レンガを自分で積んだって言ったら、更に驚かれた。『業者に頼めばよかったのに』だって。

分かってないよなぁ。ＤＩＹは自分でやるからこそ、なんだよね。私にこんな一面があったなんて自分でも驚きだ。

実は庭だけじゃなく部屋の方もハマってる。実験室っぽくしたくて吊戸棚の扉を付け替えたり、部屋の壁を白く塗り替えたり。机は古い木のままだけど、棚を乗せて本や実験道具が綺麗に整頓出来るようした。こっちはドーマンさんに手伝ってもらったので頑丈だ。

私の宝物の、昔ガインさんたちに買って貰った薬草の調合の本もきちんと並べられている。

ボロボロになるまで読み込んでいることを知って、みんなは凄く喜んでいた。

ちなみに本に回復魔法を掛けても何も変わらなかった。あれは人間にしか効かないようだ。

この研究所では魔力を使わずに薬草を育てる研究とか、魔力を使わず生成出来る回復薬とか、回復薬の性能を大幅にアップさせるための研究をしている。

もちろん、大好きなカトリーナとのお茶会のためのハーブもね！

ふふふん。

表の庭園のテーブルやベンチも少々拝借して、プロ庭師のドーマンさんにも褒められた、私だけの庭園！

と、いつものように幸せに浸《ひた》っていると、人の気配がしたので慌ててほうきを持って掃除をしているフリをした。


「待て！」

「捕まえろ！」

制服の少年二人組が、同じく制服を着た下級生らしき少年を追いかけて走ってくる。

何々？　何事なの？

どちらも私より年上っぽいけど、ここは人目につかない裏庭だよ？

とりあえず身を隠し、追いかけている上級生の足元にほうきを投げて転ばせた。

「うわ、うわっ！」

ずさ――。一番後ろの上級生が、思ったよりも派手に転んでしまう。ヤバい。

もう一人の上級生が素早く転んだ子の手を取り立ち上がらせると、向こうの壁まで下級生を追いつめた。

お互いに何か言い合いをしているみたい。あの人が怪我をしなくて助かった。

子供の喧嘩に手を貸したことをちょっと反省。こういう時はどうするべきか、後でガインさんに聞いてみよう。

下級生が壁を背にして、私が投げたほうきで二人を牽制している。その動きは洗練されていて、どう見ても下級生の方が強そうだ。粗削りだけど、少しハートさんの動きに近い気がするな。

「待ちなさい！」

そこへ、背筋が伸びた真面目そうな男性白神官が走ってくる。

上級生の二人は、その声を聞いて一目散に逃げて行った。

イジメかな？　でも、下級生は手加減してた。男子の喧嘩はよく分からないな。

私なら容赦なく……、いや、制限されてるか。もしかして彼も制限されているのかな。

下級生はベンチに腰をかけて、その場で白神官に事情を聞かれている。

彼はじっと見ていた私の存在に気が付くと、ほうきを軽く持ち上げて会釈した。

……。加勢したことがバレている。マズい。

ちょうど昼食の鐘が鳴ったので、私は気付かないフリをしてそのまま食堂に向かった。

なんだったんだ、もう。

ここは私の庭園なのに。


十歳になっても相変わらず午後は資料室。時間割がタイトすぎて、もっと休憩を挟んでいいとノーテさんに言われたけれど、資料室の惨状を見ると休む気になれなかった。

四年もかけてこの膨大な量の資料をファイリングして、ここまで整理整頓したし。

大きさも形もバラバラだった古い棚はすべて撤去して、天井までの高さの揃った棚に入れ替えた。

棚にラベルを細かく貼って綺麗に並べ、芸術的なくらいに洗練されている。

今の私はみんなの検索エンジン。この資料室の支配者だ。

「マリー、前回の洪水被害の派遣要請書を出してくれ」

「はい」

治水関係は奥から三番目で……と、あった、あった。

素早く幾つか資料を取る。

おそらくこの間の議事録にあった、あの辺の治水の周辺調査だな。

関連資料として、この資料も一緒に渡してあげよう。

「これですね。関連資料も付けてあります。貸出記録はこちらで記入をしておきます」

「おう、これは助かる。今度うまい菓子でも持ってくるわ！」

彼は政務秘書のアイゼンさん。仕事が出来ない人が大嫌いな、融通の利かない真面目人間。

最初は一番煩《うるさ》い〝パワハラさん〟だったのに、今じゃ差し入れを一番持ってくる。

棚の入れ替えも、他の私服職員と共に手伝ってくれた。

とても口が悪いけど、きちんと仕事をする人には協力を惜しまない……と。

私は『資料室利用者名簿』と書かれたノートを閉じて、机にしまう。

ふふん。

最近は、貸出記録だけじゃなく、利用者情報の記録も付けている。

いざという時に誰に何が出来るのかを把握するのも、魔王気分に浸《ひた》れるし。

私服職員は白神官にはなれなくても教会勤務が出来るくらいだから、みんな優秀なんだよね。

午後は運ばれてくる資料を新聞感覚で流し読みするのが日課だ。

それにしても教皇様は、全国の教会の全情報が集まる教会本部の大事な場所に私なんかを……。

力を入れて欲しい方向に、ちょっと資料を偏《かたよ》って渡す、少し悪い子なのに。

ま、あれだけ苦労したんだもん。このくらいのご褒美は貰わないとね。


後は……。

光が届かないほどの一番奥の古い記録は、まだ箱に詰めたままの未開拓地帯なので今年中になんとかファイリングしたいと思ってる。

さてと、今日もせっせと取り掛かりますか。

# 妄想少女

十歳の誕生日を迎えてから数日が経ち、特に何も変わらない日常を過ごしていた私は、いつものように午前中の裏庭庭園の手入れを終わらせて食堂に行くと、久しぶりに教育係のノーテさんとばったり会った。

「お疲れ様です、ノーテさん」

「マリー。遅くなったけど十歳おめでとう」

ノーテさんはシルバーフレームの眼鏡の縁を片手で押さえてにっこりと笑う。

えー、もしかして、お祝いを言うために待っていてくれたのかな。

意外すぎて驚きー。でも、なんで今頃？

「その顔、意外すぎて驚いていますね」

「そんなことはないですよ。はは。ありがとうございます」

ノーテさんは普段、教会本部の経理のお仕事をしているので資料室勤務の私にとって良き相談相手。だけどノーテさんの行動は予測不能だ。

「で、お祝いだけってわけじゃないですよね？」

「あら、マリー。私がそんな薄情に見えまして？」

見えるから言っているのですが……とは言えないな。でも誕生日はとっくに過ぎてるし。

「ははは」

「正解です。そろそろ作法やダンスのレッスンを受けてみては如何《いかが》かと。ヒールに慣れて、綺麗な所作を学ぶことは、あなたにとって、決して損にはならないはずです」

……。もしかして光適性のこと、知ってるのかな？

政略結婚のための道具にされちゃったり、しちゃったり。

まさか私は辺境の土地で、愛のない結婚生活を……。

いや、もしかしたら、どこかの悪徳貴族の愛人か側室にされるとか……。

と、ラノベでしか知らない政略結婚を勝手に妄想して爆発する。


「でも、毎日裏庭の掃除も、資料室の仕事もあるのですが、いつレッスンを？」

遠回しに時間がないから無理、的《てき》に言ってみる。

「資料室にあなたがいないと苦情が来るので午前中、週に二回なら無理がないのでは？」

だめか。

とにかく身分のある人との接触は絶対に避けて……。

安全のためにレッスンも断った方がいいのかな？

いや、ここはいったん家に持ち帰ろう。

「……考えておきます」

そうだ！　ハートさんかフェルネットさんに、偽装でいいから婚約してもらおう。

うん。それしかない。私、頭いい！


「何々？　ダンスレッスン？　私も十歳から始めたわよ。マナーのレッスンなんて七歳からやってるし。一緒にやる？」

ノーテさんと別れて席に座ると、待ってましたと言わんばかりに二つ上の先輩女性黒神官のサーシスさんが、ぐいぐいと肘で私を押して席に着いた。

しまった！　女性神官の中で一番の噂好きで口の軽いサーシスさんに、未来の愛人生活（妄想）がバレたら私の神官人生が終わってしまう。

資料室の棚の入れ替えや整理を手伝ってくれるし、黒神官仲間を持ち前のコミュ力で集めてくれたいい人だけど、それはそれ。

なんとか話を誤魔化さなくては。

「子供の頃、趣味でお父さんとダンスをしていたので、ノーテさんに勧められただけですって」

「お父さんって、あの超絶イケメンのお父さんよね！　私をお母さんって呼んで！」

それだけは絶対に嫌だ。

何が何でも反対する。

「ははは。サーシスさんて、付き合っている方がいるじゃないですか。確か、同じ年の黒神官でしたよね？」

「イケメンは別腹よ！」

サーシスさんは情報カモンと言わんばかりに、目をギラギラさせている。

怖いってば。

何か、当たり障りのない話を……。

「そういえば、ヘアメイク系のお仕事をしていらっしゃるのですよね？　なぜダンスを？」

「そりゃあ、将来何があるか分からないし、何よりタダで習えるならラッキーじゃない」

「ははは。流石です」

「そんなことよりお父さんの話を聞かせてよ！」

うわーん。私の話術じゃ話を逸らせない。どうにかしなくては。

「お、お父さんは今、冒険者の仕事が忙しくて、遠出も多いですし、そういうことは考えていないですって」

「フリーなのね！　今フリーなのね！　誰とも付き合っていないのよね！」

あ、間違えた。なんかヤバイ方向に……。

「いや、違っ……」

「いるの?!」

ぐいぐい来るな。

「いえ、いない、です……」

肉食ツヨイ……。

サーシスさんの興味がハートさんに逸れたのである意味助かったけど、申し訳ないですハートさん。自分の身を守るために、ハートさんの個人情報を少し漏洩《ろうえい》させました……。

翌朝、ハートさんが恋人募集中という別物の尾ひれの付いた噂が女性神官中に流れ、何故か私がノーテさんに呼び出されて叱られた。


「おじいさまー!!　私、恋愛結婚がしたいのです!!」

「む!　何があったのだ!」

私は家に入るなり、荷物も下ろさずおじいさまに飛びついた。

ハートさんは苦笑いしながら、ゆっくりとドアを閉める。

「どうせダンスのレッスンか何かを、勧められた程度だろ」

「なぜ分かったのですか？」

ソファーに座っていた師匠は読んでいた本から目線を上げて、呆れたようにため息を吐きながら最近着け始めた老眼鏡を外す。

エスパーか。

「嬢ちゃんの思考パターンなど、誰でも分かるわ」

「……」

「はっ、はっ、はっ」「なんだ。そんなことか」

師匠が笑うのがムカつく。

こっちは真剣なのに。

だって側室だよ、愛人だよ！

妄想だけど。

「ダンスくらい、今後のためにも、習っておいて損はないだろうが」

「それはありがたいと思っているのですが……」

うう。

脳内の妄想を全部語ったら、変態にされそうだ。

「で、何がしたいんだ？」

「偽装婚約を頼もうかと……」

師匠が本を置いて大笑いする。

むぅ。

「マリー。わしは反対だぞ」

「おじいさま。この先、何があるか分からないじゃないですか」

おじいさまと二人で悲劇に浸《ひた》っていると、ハートさんが笑いながら立ち上がった。

「分かった。いいよ、マリー。俺と、結婚してくれないか？」

「ハートさん!!」

「待て、待て、待て、待て。どうしてそうなる」

片膝《かたひざ》を突いて私の手の甲にキスをするハートさんを見て、おじいさまがひっくり返りそうになる。

ははは。

あ、笑ってごめんなさい。

ハートさんも冗談だと笑っているけど、いや、この際、誰でもいいのですけどね！

「嬢ちゃん。どうしても心配なら、同年代を探した方がいい」

「何故ですか？」

逆にリアルで怖い気が……。

じゃなくって！

誰であっても、愛されていないのは嫌なのですって。

「嬢ちゃんと同年代の、利害が一致する相手を選べばいい。成人まで結婚はないから安心だろ？」

利害が一致……。

時間稼ぎか。

脳内妄想が、更に加速しそうなんだけど。

「……。ところで今日、ガインさんとフェルネットさんは？」

「ガインさんは知合いの子供の剣の訓練。フェルネットは諜報」

「諜報……？」

ああ、フェルネットさんてコミュ力最強なのに、何故か気配ゼロだもんね。

しかも脳内は中二だから陰謀とか好きそうだし。

「と、とにかく、誰か見つけて頼んでみます。おじいさまもそのつもりで！　今日はちょっと用があるので、これだけ言いに戻っただけですし、もう帰りますね」

「そのつもりって……。嫌だー！　マリー！」

師匠がいつものようにおじいさまを羽交い締めにし、ハートさんがいつものように送ってくれた。

結局日常だ。

「なんだかお騒がせしてすみません」

「楽しいから全然構わないよ」

「私は全然楽しくないですよ」

プンプンして見せるとハートさんが綺麗な癖毛の髪を揺らして、声を出して大笑いをする。

うぅ、珍しい。そんなに面白いのかな。いや、全然面白くない。

「何かあったら俺もいるし、あのフェルネットが上手く動くさ。心配いらないよ」

「……確かに」

あの他力本願のフェルネットさんに面倒事を押し付ければ、自分が楽をするためなら何だってしてくれるはず。

しかし脳内妄想は止まらないのだ。

思春期の女子を舐めないでよね。妄想だけで悲劇のヒロインになりきって本気で号泣出来るくらい、頭がおかしくなっているのだから。それに、偽装婚約とかちょっと面白いし。


「あ、そうだ。ハートさんにご報告が」

「ん？　報告？　改まってどうした？」

「いや、大した話ではないのですが、最近ハートさんは仕事が忙しくて、遠出が多いと先輩黒神官に話したところ、その情報が広まっちゃって……」

「ははは。本当のことだし構わないよ」

嘘は言っていない。ちゃんと事実を報告した。うん。

恋人募集中っていうのは私が流した噂じゃないし。尾ひれが悪い。

そのうちバレると思うけど、まずはこっちの方の時間稼ぎが必要かも。
隣で微笑むハートさんは、私の速度に合わせて歩いてくれる。
そんな優しい気遣いに、自分が特別扱いされているようで嬉しくなった。

# 閑話　ソニー（おじいさま）の憂鬱（マリーが帰った後）

十歳になって、ますます美しく成長した孫《マリー》が心配でならない。

偽装婚約なんて、わしは絶対に、絶対に認めんぞ。

時々あの子は突拍子のないことを言い出すからな。マリーのことは、わしが守る！


思い返すと五年前、突然、娘から孫を頼むと手紙が来た。そこに書いてあったあの子は好奇心は旺盛だが我が強く、無口で自分の殻に籠りがちだと。

あいつはマリーの何を見て、そう思ったのだろうか。

実際のあの子は聡明で我慢強く、とても素直で明るい子だった。

殻に籠るどころかわしらの愛情を信頼し、言いたいこともたくさん伝えてくれている。

それにハートには、わしらに見せない弱さも見せているようだ。

何よりも、あの子がわしに『大好き』と言って、笑ってくれる所がたまらん。

うん、考えれば考えるほどマリーは可愛くてたまらんな。

「なぁ、爺さん」

「なんだ、ガイン」

「あいつの親から、十歳の誕生祝いの手紙は届かないのか？」

そうなのだ。

節目の祝いどころかマリーが来てからの四年間、何の連絡も寄越さない。

「五年前のあの手紙が最後だ。こちらからは何度かマリーの保護の取り消しを願う手紙や、保護者変更の書類を送ったが、返事がないので諦めた」

「最後の別れの時も、俺たちには声をかけるのに、マリーのことを見ようともしなかったんだ。あの頃からずっと気になっていたんだが……。やっぱりか」


シドが「罪悪感なのかな」とグラスを傾ける。

シドのことをマリーが「師匠、師匠」と慕《した》っているくらい、あの子にすべてを教えてくれたこの男には感謝してもしきれない。

S級冒険者から魔法の指導を直々に受けるなんて、普通なら金をいくら積んでも叶わない。

惜しみなくマリーに最高の教育を施《ほどこ》す男たちに、わしはどう報《むく》いればよいのだろうか。

「あいつは寂しくねぇのかな？」

「そりゃ寂しいだろうよ。でも嬢ちゃんは私たちにそれを悟られないようにしている。いじらしいな」

「わしたちが付いていても、やっぱり親は特別か」

「そりゃあな。俺だってこの年でも両親に仕送りを渡しに時々会いに行ってるし。それに双子の妹の方も気になるよな」

ガインの言うように、問題はもう片方の孫《リリー》かもしれない。

「リリーは、天真爛漫で明るい子だと、手紙には書いてあったのだが、加護もなくてどうしているのだろうか」

「幼い妹ちゃんが自分の犯した罪に潰されていなきゃいいんだが。まぁ、両親が付いているんだ。そっちは心配なかろう」

「そうだな」

わしにはマリーがいる。リリーには娘夫婦が付いている。

お互いにきちんと育てていくしかない。それはそうなのだが、やっぱり気になってしまうな。

少し思い耽《ふけ》っていると、急に『わははは』と明るい笑い声がドアから入ってくる。

「そこで話を聞いたけど、面白そうだからマリーの婚約者候補になることにしたよ」とフェルネットが笑いながらハートと共に帰って来た。

「な！」

いやいや、認めんぞ。

年は近いが、それでもダメだ。

「俺はシングルファーザーだしな」

「お義父上《ちちうえ》！」

「こんな息子はいらないぞ」

「わはは」「ははは」

ふたりが笑う中、ガインが申し訳なさそうな顔でハートを見つめている。

それに気付いたハートがいつものように「望んだことだ」と、あの子と同じ綺麗な青緑の目を細めて微笑んだ。

世間じゃいろいろと風当たりも強いはずなのに、マリーのために申し訳ない。

そうだな。

マリーのためにこんなにたくさんの愛情を注いでくれる、こんなに素晴らしい男たちがいる。

もうルバーブ村の我が娘たちのことは忘れて、わしもマリーのためだけに生きよう。

# 十歳になったリリー

「魔法を教えてくれたら字を書く練習をするってば！」

「リリー。読み書きが先って、お父さんに言われたでしょ？」

もう十歳になったのに、父さんも母さんも、なんで魔法を教えてくれないの！

頑張って少し字が読めるようになったのに！

書く方もだなんて知らない！

嘘つき！

みんな小さな頃から魔法を親に教えて貰ったり、どこかの偉い先生を雇ったりしてるのに。

「ルディは魔法の先生に火魔法を習ってたよ。私も魔法の先生がいたら出来るのに！　ルディだけずるい！　私も習いたい！　それに、ミーナは十歳のお祝いしてた！　私のお祝いは?!」

何を言っても母さんは、私と同じ緑の目を潤ませて悲しそうな顔で笑うだけ。

本当にイライラする。

「もういい。遊びに行ってくる！」

気分を変えて村の小さな広場に行くと、一つ年上の背の小さな気弱なワースと、同じ年のそばかす顔のミーナが楽しそうに笑いながら歩いて来た。

「どこに行くの？」

「今日はワースと二人で、お祭りの時の踊りを練習しに行くの」

ミーナは頬を染めて、とても嬉しそうにワースを見る。

「でも、あれって大人だけが輪に入って踊れるんじゃないの？」

「ふふふ。十歳になったら誰でも参加出来るんだよ」

へぇ、楽しそう。

「私も行きたい！」

「男女二人一組だから、リリーも誰か連れて来ないとダメよ」

「だったら私がワースとじゃダメ？」

上目づかいでちょっと小首をかしげて言えば、ワースが「わぁ」と喜んでくれる。

ふふ。

ミーナが眉を顰《ひそ》め、急に不機嫌になって怒り出した。

「じゃあワースと行ってよ！　あたし、キリカを誘って来るから！」

ミーナってばすぐに怒るんだから。

でもそう言われると、キリカの方が良かったかも。

「うふ。やっぱり私もキリカがいいかな」

「なにそれ、最低。ワースもそれでいいの？」

「僕は別に……」

せっかくワースを譲ってあげたのに二人は喧嘩を始めてしまう。

私はうんざりしてキリカを誘いに行くことにした。

「じゃあね。私、急ぐから」

ホント、女ってめんどくさいな。

だから嫌いなの。


広場から歩いてすぐの大きな家の二階にある、キリカの部屋を見上げて大きく息を吸った。

「キリカー！　お祭りの踊りの練習に行こうよー！」

ボサボサ頭のやんちゃなキリカが窓から顔を出すと、私を見つけて笑顔になる。

「今、ルディが来てるから後でなー」

何それ。キリカの癖に。

「私も交ぜてー」

「ちょっと待て」とキリカは下りてきて、ドアを開けてくれた。

「いいけど、いつもみたいに我儘《わがまま》言うなよな」

「ルディが魔法を教えくれたら我儘言わないもん」

急にキリカの機嫌が悪くなり、顎を上げて腕を組んだ。

「自分の名前すら書けない癖に。魔法より先にそっちだろ？」

また、その話。

魔法を教えて貰えるまで、絶対に母さんが喜ぶことなんかしないんだもん。

何《なん》にも知らない癖に。

「意地悪言うキリカなんて、嫌い」

「ごめんって。そんなんじゃないって。前から俺が字を教えるって言ってるだろ？　そのために俺、字の勉強を必死にしたんだし」

キリカってば私には弱い癖に、すぐにお説教をするんだから。

キリカは黙って私の言うことを聞いていればいいの。

ふんだ。


私たちが階段を駆け上がり部屋に入ると、少し背が高くて村の子供の中で一番賢いルディが薄白く光る半透明のパネルを眺めている。

「何それ？」

「おい！　勝手に人のステータスを見るなよ！」

横から覗き込んだ私に驚いて、ルディはすぐにパネルを消した。

見えなかったもん。

「そんな言い方しなくても……」

少し泣きそうな顔をしてみせると、ルディとキリカが凄く慌ててる。

ふふ、二人とも焦っちゃって。

「だって初めて見たんだもん」

「他人のステータスを許可なく見たらダメなんだぞ。リリーはまさか、自分のステータスも見たことがないのか？」

意外そうに言わないでよ。

ルディみたいに先生に習ってないもん。

「うん」

「分かった。分かった。怒鳴って悪かったよ。ステータスオープンって言ってみて」

「ステータスオープン？」

---

リリー　女　10歳　緑適性

---

## Lv.1

ルディが私のステータスを見て、顎に手を当てて首を捻《ひね》る。

「レベル1？　最初はウサギ一匹でもレベル2になれるのに……。女の子だし、魔獣を倒したことがないのは分かるけど、もしかして魔法すら使ったことがないのか？」

キリカも覗き込んで、眉を顰《ひそ》めた。

「ほんとだ。流石に少し遅いな。十歳なら、せめてレベル3くらいは欲しいよな。親に相談してみろって。な？」

「……うん」

ふたりとも私の頭を撫でて慰めてくれたけど、違うんだもん。

魔法を教えてくれないから出来ないんだもん。

自分でやってみても、分かんなかったんだもん。

キリカは落ち込んでいる私をベッドの上に座らせると、お水を持って来てくれた。

「母さん！　これ見て!!」

私は家に帰るなりステータスをオープンさせ、母さんに『これ』と、指をさす。

---

リリー　女　10歳　緑適性
Lv．1

---

「みんなにレベル1だってビックリされたの。どうして魔法を教えてくれないの？　説明してくれなきゃ分かんないってば！」

夕食の準備をしていた母さんは、悲しそうな顔で振り返る。

もういいって、その顔は。

なんなのよ。いったい。

「お父さんが帰って来たら説明するから、先に手を洗って着替えてらっしゃい」

なにそれ。今すぐに言えばいいじゃない。お金がなくても練習くらい出来るのに。

とりあえず話を聞くために、言われた通りに手を洗い、着替えてから父さんの帰りを待った。

「父さん、私もみんなみたいに魔法が使えるようになりたい」

傷だらけのテーブルの向かいに座る父さんは、表情を硬くしたまま「無理だ」と言う。

「ねぇ、なんで？　なんでダメなの？」

「リリー……」

「母さんは黙ってて！　父さん！　ちゃんと説明してよ！」

父さんと母さんは、顔を見合わせて頷《うなず》いた。

やだ、何？　怖い。私、変な病気とか？

二人の異様な雰囲気に嫌な予感がした。

「そろそろ話してもいい頃だな。ところで、ステータスを見たのは初めてか？」

「うん」

「昔、教えたはずじゃ……いや、禁止にしたのか」

父さんはため息交じりに「ステータスフルオープンと唱えなさい」と言った。

「ステータスフルオープン？」

リリー　女　10歳　緑適性
Lv．1
HP　10／10
MP　5／5

---

光属性Lv．1

---

光の精霊

「なにこれ。これがステータス？　初めて見た！」

私はワクワクしながら淡く光る半透明のパネルの文字を、一つ一つ丁寧に読んでいく。

うそ、これ〝ひかりのせいれい《光の精霊》〟って書いてあるよね？

「きゃー!!　私に光の精霊の加護！　私、聖女だったんだ!!」

あまりにも嬉しくて、悲鳴を上げた。

加護の取得のあの時に白い光を見たと思ったのに、父さんが違うって言うから！　私は緑だって言ったから！

やっぱりあれは、夢じゃなかったんだ……。

それなのに父さんも母さんも、何も言わずに悲しそうな顔で私を見ている。

あれ？　字が違うのかな？

ちょっと不安。

「なに？　違うの？」

「よく見ろ。お前の適性は緑だ」

「でも、加護は光だよね？」

「ああ」

父さんは深くため息を吐いて姿勢を正した。

なんで今まで、私が聖女だってことを隠して来たんだろう？

父さんのただならぬ雰囲気に緊張する。

「適性のない加護は使えない、というのは知っているよな？」

「それは聞いたことあるけど……」

父さんは、ゆっくり、はっきりとした口調で続ける。

「お前は光の適性がないから、光の加護があっても使えない。加護がないのと同じなんだ」

やっぱり光の加護なんだ。びっくりさせないでよ。

光の精霊が私の前に現れたのに、なんで使えないとか言ってんの？

「意味分かんない。だって光の加護なんだよね？」

みんなに光の加護を自慢しよーっと。

みんなの驚いた顔が早く見たいなー。

将来の聖女様だなんて、貴族どころか、王女様より偉くなれる。

へへへ。ミーナに自慢したら悔しがるかな。

「リリー。落ち着いてよく聞きなさい。お前に双子の姉がいるのは、覚えているだろ？」

「うん。なんとなくは。生きてるの？　みんなが話題を避《さ》けるから、死んだのかと思ってた」

「ああ、ここで生きてはいない。光適性があったのはお前の姉で、姉の加護をお前が奪ったんだ。そこにあるのは姉の加護だ」

ふーん。やっぱり死んでたんだ。

どこかに預けられたとかなら連絡もあるだろうし、そんな気はしてたんだよね。

「で？　私、早く自慢しに行きたいんだけど」

「いいから座りなさい！　加護を貰った時のことは、覚えているだろ？」

うずうずして腰を上げたら怒鳴られた。

もう、めんどくさいなぁ。

早くしてよ。

「んー、なんとなくは覚えてる。綺麗な光が見えて飛びついたけど……あれやっぱり光の加護だったんだよね。すごーい。これでいい？」

「なんてことを……」

母さんが両手で顔を覆《おお》って泣き出した。

え？　なんで泣くの？

嬉しくないの？

自分だけが浮かれていて、両親の重い雰囲気に戸惑ってしまう。

「どういうこと？」

「奪われた姉は、どうなると思う？」

は？　死んだんでしょ？

「それ、私に関係ないんだけど」

「お前と同じ〝加護なし〟になったんだ」

父さんが、徐々に苛立《いらだ》ち始めてなんか怖い。

それに、同じじゃないもん。

「私には光の加護があるじゃない」

「光の適性がないから、使えないと言ったろ？」

「光の加護があるのに？」

「そうだ。……はぁ。お前にはまだ、理解するのが難しいのか……。あの子はあの年で、私よりも早くすべてを理解したというのに……」

父さんはため息を吐いて「それで？　字は書けるようになったのか？」と言った。

出来ないの知ってるくせに……。

「……まだ」

「なぜまだ出来ないんだ？　いつまでそうやって嫌なことから逃げ回る気なんだ」

「逃げてないもん！　魔法を教えてくれたらやってあげるって言ってるの！　それに、私は聖女なんだから命令しないで！」

バン!!

急に父さんが机を叩いてびっくりした。

「二度と自分を聖女と言うな！　もし言ったら教会に入れるからそのつもりでいなさい！」

何、急に。孤児にするって脅すなんて信じられない。

結局、魔法を教えてくれる話はどうなったの？

もう言える雰囲気じゃないし。

父さんは「くそっ！　あいつさえいたらこんなことには……」と悔しそうに呟き、怒って部屋を出て行ってしまった。

母さんは緑の綺麗な目に涙を溜めて私を見る。

「リリー。光の加護を奪った罪は死罪なのよ」

え、死罪？　でも私は生きている。

じゃあ、姉がわたしの光を奪ったってこと？

「なにそれ。許せない。双子の姉は、それで死罪になったの？」

「違うわ。奪ったのはリリー。あなたよ。あなたが全部悪いの。まだ十歳だから、今、全部を理解するのは難しいかしらね」

「なんで私が？　死罪になっていないじゃない」

さっき死罪って言ったばかりなのに。死んだのは姉の方だし。

私の頭は混乱した。

初めて見たフルのステータス。姉がいたこと、その姉が死んだこと。光の加護を持っているということ、聖女と言ったら教会に入れられること、光の加護を奪った罪は、死罪ということ。奪ったのは私の方だということ。なのに私だけが生きているってこと。

そして、魔法を教えてくれない理由は説明して貰えない。

もう！　何なの！

知りたいことは分からない。小さな頃の遠い記憶はぼんやりしている。新しい情報は多すぎて処理しきれない。

　私は頭が悪いから全然分かんないよ！

「ほんの小さな子供だったから、許されたのよ。でもね『リリーが〝光の加護〟を持っていることを、周囲が知ったら投獄する』と言われたわ。だからよく聞いて。このことは絶対に秘密にするの」

「白い光に飛び付いただけなのに？　持ってるだけで？」

「それが奪った証拠になるの」

　なにそれ。なんで急に悪者にされちゃうの。

　加護の部屋で現れた光は、自分のための加護だって説明されたのに。

「じゃあ光の加護は、誰にも自慢出来ないの？」

「そうよ」

「魔法が使えないのも、そのせいなの？」

「そうよ」

「私の加護は死んだ姉が奪ったの？」

「違うわ。あなたが姉の加護を奪い取った時、自分の加護を捨てたのよ。あなたにいろいろと教えてくれていた、姉と一緒にね」

　捨ててなんかいない。

綺麗な白い光に飛び付いただけだもん。

「そんな……」

だったらいらなかったのに。

なんで止めてくれなかったの。

全部、全部、姉のせいだ。

# ダンスレッスン

「マリー、目線に気を付けて。体を反らしすぎよ」

「指の先まで意識して」

「足元ふらついてきたわよ」

……。

ダンスレッスンの初日なのに、ちょっと厳しすぎない？

かなり年配のダンスの先生は、細くてスタイルも姿勢も良くて若々しい。手をリズミカルにパンパンと叩きながら、張りのある声を出す。

私の方は、教会にあった古い練習用の白いドレスを着て、お古のヒール靴に苦戦中。慣れなくて、まっすぐ立つだけでも重心がフラフラだ。

普段からヒールを履いて体幹を鍛えなくては……。

「ほら、目線！」

ははは。

前世で中学生だった私は、正真正銘の初ヒールなんだってば。

お手柔らかに願いますよ、先生。


「ふぅ。ありがとうございました」

「今までは、どちらの先生に習っていたのかしら？」

先生……というか、膝立《ひざだ》ちのガインさんたちと五歳の時に、毎日ふざけて踊っていただけで……。

『ほらほらお姫様、下見るな、背筋を伸ばせ、カボチャの馬車に乗れないぞ……』って。

私がシンデレラの話をしたら、みんなが王子様になっちゃって。

私もシンデレラになりきって、楽しかったなぁ。

これはどう説明したらいいのだろう。説明下手な私には難題だな。

「……子供の頃、知り合いのお兄さんに少し習ったことが……」

「少し？」

ははは。端折りすぎたかな。細かいことは気にしないで。

「……。とても基礎が出来ていて、大変、驚きましたわ」

「ありがとうございます」

「後は……。そうね。慣れるためにも普段から、ヒールを履いて生活するといいわよ。ではごきげんよう」

「ごきげんよう」

先生がドレスの裾《すそ》を持って腰だけ軽く落としたので、同じようにするととても機嫌よく微笑んだ。

神官とは挨拶の仕方が違うのか……。

習慣で、間違えないように気を付けなければ。


「次の方、入りなさい」

「はい！」

私と同じ年くらいのドレスを着た女の子が、やっぱりヒールに慣れずに膝も腰も曲げてカクカクと入ってくる。彼女も教会のお古のドレスだから黒神官仲間かな。

ヒールを履いて歩くのって意外に大変なのよね。

アイコンタクトで『頑張れ』の気持ちを込めて微笑むと、彼女もニコッと微笑んだ。


部屋に戻ってドレスから黒神官服に着替え、レッスン用ヒールを履いたまま食堂へと向かうと、いつもの廊下がなんだか違った景色に見える。少し背が高くなっただけなのに。

プラス三センチの世界は意外に景色がいい。

それにしてもヒールを履いて膝《ひざ》を伸ばし、目線や姿勢を意識して歩くのは思っていたより大変だな。明日は絶対に筋肉痛だわ。

ノーテさんから足を痛める前に自分用のヒール靴を購入するよう指示されたけど、大丈夫かな。

なんの準備もしていなかった私に、昨夜ノーテさんから渡されたレッスン用のドレスとヒール靴。

『興味のないことには無頓着なあなたですから、そうだろうと思っていました』って流石ノーテさん。準備をしていないだけじゃなく『興味がない』ということまでバレていた。

ちゃんとレッスン前に聞きに行こうと思っていましたけどね。

なんだかんだと小言を言っていたけど、ノーテさんが渡してくれた靴もドレスも私のサイズにピッタリだった。


「あれ？　マリー少し背が伸びた？」

最近資料室に来るようになった財務補佐見習いのレイニーさんに、後ろから声をかけられた。

「そうなのです！　三センチくらい」

「三センチ？」

ビュッフェスタイルの食堂に入ってトレーを取ると、列の最後尾にレイニーさんと一緒に列に並ぶ。

「ダンスレッスンのために、ヒールに慣れないといけなくて」

そう言って足を見せると、レイニーさんが「あー」と頷《うなず》いた。

「ダンスレッスンか。黒神官って希望者は無償で受けられるんだよね。マリーはそういうの興味ないと思ってた」

「今後のためにも習っておいて損はないと、身内から……。でも案外、楽しいですよ」

レイニーさんはうんうん頷き「確かに損はないねー」と納得顔。

「そうだ、レイニーさんも一緒にどうですか？」

一緒なら楽しいかと誘ってみたら、顔をプルプル振って「無理、無理、レッスン料高すぎ」と拒絶されてしまう。

そっか、残念。教会勤務の私服職員でもレッスン料はタダじゃない。黒神官は、希望すればどんなレッスンでも無料で受けられるのに。

「でも、ヒールを履くと大人っぽくなるよね。あと、もう少ーし背が伸びたら立派なレディじゃない。ふふふ」

「薄暗い資料室に籠って過ごすのに、レディとかあんまり関係ないのですけどね。ははは」

「お互いそうだったねー。ははは」

おかずを取りながらふたりで自虐して笑う。

レイニーさんは美人だから大丈夫だって。

「あ、そういえばさ、最近、回復薬の量産化についての話題が多いけど、資料室もそんな感じ？」

「あはは。そういえば多いですね。あはは」

やばい。

そっちに繋がるように資料を配りまくってたけど、派手にやりすぎた。

気を付けなくては。


トレーを置いて席に着くと、思わず「ふぅ」とため息が出る。

「やっぱりヒール辛い？」

「座ったら実感しましたね。今ふくらはぎが、すごく喜んでいます」

「浮腫《むく》むから、夜はマッサージをしないとだよー」

「何々、マッサージ？　やっぱり香りの良いオイルは必須よねー」

隣にいた白神官のお姉さまたちが興味津々に話に加わってきた。

「夜はリラックスのためにも甘い香りが好きだわ」

「私はお花の香りが部屋中に広がると幸せな気持ちになれるー」

「マリーはどんな香りが好き？」

レイニーさんが私にそう聞くと、周りにいたお姉さまたちも私を見る。

「甘い香りも好きだし、お花の香りも好きです。柑橘系も爽やかだし、森の匂いも雨の匂いも乾いた風の匂いも好きだから……」

「あー、分かるー。雨の匂いってなんであんなに落ち着くんだろうねー」

それから美容談義に花が咲き、周りの女性神官や私服女子が次々に話に加わり、いろいろアドバイスを貰った。

みんな意識が高いなー。

「マリーはさ、素材がいいんだから磨かなきゃだめよ。もったいない」

「そうよ。将来はものすごい美人さんになるわよー」

もう、お姉さまたちったら。お上手なんだから！

うふふ。たくさん勉強させて貰いますよ。

あれから資料室には、いろいろな香りのするマッサージオイルやら、髪がしっとりするシャンプー、泡立ちの良い石鹸などの差し入れが……。

お姉さまたちの情報網は凄いなぁ。

ちょっと大人の仲間入りしたみたいで嬉しいな。


「すみません。買い物に行きたいので、護衛を頼みたいのですが……」

翌日の午前中、裏庭掃除を簡単に済ませて聖騎士の練習場に顔を出すと、他の聖騎士団よりもひと回り体の大きな第三聖騎士団が稽古をしていた。

「お、マリー。この間は強力な回復薬、ありがとな！　腹にビシッと来たぜ！」

腹にビシッと？　刺激が強すぎたのかな？　もう少し薄めるか……。

作りたての強力な薬を無料で治験して貰ったのに、何故か感謝されて心が痛いな。

「はは。こちらこそ、いつも治験をありがとうございます」

「いいんだ、いいんだ」と第三の人たちは豪快に笑う。

リスクをちゃんと説明したけど、ホントに分かっているのかな。

「あれ？　そんな綺麗な格好をして、デートか？」

いやいや、ダンスの練習用ドレスを来てデートはないですって。

ほんと、ガサツなんだから。

「違います。靴を買いに行くので、護衛をお願いしたくて」

「それなら俺が行く。行きたい奴は剣を取れ」

「よし、俺が行く。勝負だ」

「なら俺もだ！」「俺も！」「俺も！」

もう、わたしをダシにして戦わないで。

あなたたちって、戦う理由があればなんだっていいのよね。

これだから『第三は』って言われちゃうのに。

練習場は大盛り上がりで、何の騒ぎだと近くの練習場にいた第一聖騎士団がゾロゾロと覗きに来た。

「あいつら何してんの？」

呆れたように見習い期間の終わったヴィドバリーさんが笑ってる。

「出かけるために護衛を頼んだら、戦いが始まったのです」

「ははは。馬鹿なんだな」

直球すぎる。

「ちょっと待ってて」と馬を連れて来ると、私の手を引っ張り上げて横抱きに乗せてくれた。

「いつもすみません」

「遠慮しなくていいんだよ。弟の友達だしな。いつでも専属になるって」

確かにエヴァスさんとは仲がいいけど、だからと言ってヴィドバリーさんにそんな……。

いつも護衛してくれるのはありがたいけど、お貴族様だし、こっちは黒神官だし。

この兄弟は、私の知る貴族《ラノベの貴族》とは全然違うから拍子抜けしちゃう。

しかもすっごい領民思いだし。

ボルドーさんのお店に着くと、いつものように馬番さんに馬を預けて正面からお店に入る。

ふふ。最初は裏から入っていたんだよなぁ。

「マリー様。本日はどのようなご用件で？」

かなり前からボルドーさんに『マリー様』って呼ばれるようになった。

これも、もう慣れた。時々『小さなお姫様』と呼ばれたりもする。

「ダンスの練習用の靴を買いに来ました」

「それは、それは。どうぞこちらにお座りください」

勧められるままお貴族様風に優雅に座ると、ボルドーさんは嬉しそうにコーデンさんにいろいろ指示し、幾つかの木の型を私の足に合わせていく。

「練習用ということは、今後夜会に？」

「今すぐではないと思いますが、将来的に……。まだよく分かりません」

よく考えたらそんな機会があるとは思えないな。

それに、ダンスも習い始めたばかりだし。

「マリー様がご希望したわけでは、ないのですか？」

「希望したと言えば希望したのですが、家族からも勧められて……」

ダンスのことだよね？　夜会のことなら違うけど。

あれ、訂正した方がいいのかな？

「なるほど、なるほど」

ボルドーさんは頷きながら三センチの踵《かかと》が付いた、スクエアトゥの白い靴を私に履かせて手を取った。

そのまま私を立ち上がらせると軽くダンスをしてくれる。

ヴィドバリーさんが保護者のような目で、微笑ましく見ているので笑っちゃう。

「マリー様はすごく筋がよろしいのですね」

「ありがとうございます」

ボルドーさんのエスコートが絶妙で、とても踊りやすい。私が上達したみたいでちょっと楽しい。

この人は何でも出来ちゃうな。

「こちらで問題なさそうですね」

「はい」

前世も含めてこれが初めてのヒールの付いた私の靴。

大切にしよう。

「ファーストヒールを当店から、プレゼントさせてください」

ボルドーさんが靴を箱に入れて、渡してくれる。

ファーストヒール？　なにそれ？　そんな習慣、ラノベでも読んだことがない。

ヴィドバリーさんを見ると嬉しそうに頷いているので、ありがたく受け取った。

貰っちゃっていいのかな？　貴族の習慣なのかな？

帰り道、ヴィドバリーさんに「ファーストヒールってなんですか？」と聞いてみた。

その店の店主が将来を見込んだ特別な娘に、最初の練習用のヒール靴をプレゼントして『本番用のドレスや靴は当店で買ってね、末永くお付き合いしてね』と願いを込めるらしい。

「ファーストヒールを貰えるなんて、とても光栄なことなんだぞ。良かったな。貴族の令嬢だって親のコネなしじゃ貰えないのに」

なんと！

成人するまでは教会にある本番用のドレスや靴を借りるのに！

とても申し訳ないことをしてしまった。

せめて末長く付き合おう。一生のお付き合いを。

元々私にとって特別な靴だったのに、これは更に特別な靴になった。

成長して履けなくなってもこの靴は一生大事にしよう。

ふふふ。履くのがもったいないな。出来ればケースに入れて飾っておきたい。

# お茶会

「マリー。婚約者を探してるって噂を聞いたけど、本当？」

何処《どこ》かから個人情報が洩れているな。

「おはようございます、エヴァスさん。それは違います。探しているのは〝偽装〟の婚約者です」

じょうろで薬草たちに水を撒いていた私は手を止めて、きっぱりと偽装を強調する。誤解されたら面倒だ。

天使だった一つ上のエヴァスさんは、好んで裏庭の薬草庭園に通うような少し残念イケメンに育ってしまった。しかも、相変わらず無駄に懐いている。私にじゃなく、庭園に。

ていうか〝いつも思うけど〟学校はどうしたのよ。

そして、朝っぱらからアポなしで来ないで。

「なんで偽装？」

そこで私は光適性や脳内妄想には触れず、迫り来る夜会に向けての対策のためだと説明する。

思い込みの激しいエヴァスさんに変に動かれたら何をするか分からないし、隠せばすぐに傷つくし。

「なるほどね。それなら私が立候補してもいい？」

「ありがとうございます。でも、それは流石に無理ですって」

「なぜ？」

ちょっとそこの執事さん。

突っ立ってないで、そこはあなたがこっそり耳元で説明する所なんですけど？

と、視線で訴えたらフイッと目を逸らされた。

なっ！　また面倒臭くなって丸投げされた！

仕事しなさいよ。もう。

「……。エヴァスさんと黒神官の私とでは、身分が違いすぎるので、婚約は成立しないのです」

子供にも分かるよう簡潔に説明する。

気持ちは嬉しいけど、あなたは身分が高すぎるの。

私から言うとエヴァスさんが気を遣うのに。

執事め。

「でもマリーは孤児じゃなくてS級冒険者の娘じゃないか。上級貴族より立場的には上だし」

それは便宜上の立場であって、気品だの家柄だの血統だのを重んじるお貴族様と同じなわけないでしょ。

と、執事も分かっている癖に、目が合っても平然と無視された。

くぅ、あの腹黒執事……。

それにハートさんの娘ってのも偽装だしね。

「とにかく、次期領主のエヴァスさんを偽装婚約に巻き込むわけにはいきませんからね。この件は忘れてください」

協力する気マンマンのエヴァスさんを横目に、偽装婚約は危険だなと思い始めた。


私はエヴァスの母。その、十一歳になる次男のエヴァスが突然「婚約したい女性がいる」と言い出した。

相手は一つ下のS級冒険者の娘だという。

確かにS級冒険者は貴重だし、他国への流出を防ぐために国から立場が保証され、貴族にも勝《まさ》る扱いを受けてはいるけれど、所詮はただの冒険者。

魔獣と戦い、野宿をする、どこの馬の骨かも分からない野蛮な人間。

そんな所の娘に誘惑されて……。

自由に恋愛させて好きな娘と、なんて主人は言っていたけれど、やっぱり私《わたくし》が決めてあげるべきだったのだわ。

賢くてしっかり者だと思っていた私の可愛い次男を、そんな得体の知れない娘にやれるものですか！

長男は驚いて「賢くて良い子だけど、友人じゃないの？」とあまり詳しくない様子だし。

あのエヴァス付きの執事は「お会いしてからご判断を」と、それしか言わない。

あの役立たずが。

急いで会わせるようにエヴァスに伝え、急遽お茶会をすることに。

手遅れになったら大変だわ！


エヴァスにエスコートされ馬車から降りる姿は上級貴族そのもので、とても美しいご令嬢……。

水色のドレスにはレースがふんだんに使われ、胸元にある金色の刺繍が彼女の高貴さを一層引き立てていた。それに、彼女が歩くたびに優雅に揺れるスカートがうっとりするほど綺麗。

はっ、ダメダメ。

このくらいで惑わされてはいけないわ。

「本日はお招き頂き、誠にありがとうございます」

姿勢よくドレスの裾を持ち腰を下げる仕草も完璧で、手違いで別の子が来たのかもしれないと思い始めた。

見定めるようによく観察しても全く粗《あら》がない。

お茶を飲む姿勢、手先や仕草。

私《わたくし》と同じくらい洗練されている。

S級冒険者といっても元は貴族だったのかもしれないわね。育ちの良さが所作に出ているわ。

「お母様、彼女は薬草の栽培方法や肥料について、とても博識なのですよ」

まぁ、それは素敵！

うちの領地の相談も出来るのかしら！

婚約の件をすっかり忘れてマリーと楽しくお喋りをし、あっという間にお茶会が終わってしまった。

「なんていい子なのでしょうね。可愛らしいし、とても頭の切れる子だし。どこに出してもおかしくない上品な子だわ」

「お母様ならそう言ってくださると思っていました」

流石エヴァス、見る目があるわ。

「ところで彼女は、どちらのご令嬢だったかしら？」

「S級冒険者の娘と、最初にご説明したではありませんか」

そんなことは分かっているわよ。血筋の話をしているのに。

「とても教育が行き届いたご家庭みたいね。彼女のご両親は、どちらの上級貴族なのかしら？」

「パーティーメンバーには上級貴族がいるみたいですけど、父親の話はあまりしたくないみたいなのですよ」

「何を言っているのです。本気で婚約する気なら、しっかり調査なさい！」

「マリーが探しているのは偽装の婚約者ですし、あまり詮索するのもどうかと思いまして」

あら？　どういうこと？

詳しく話を聞くと、彼女は利害が一致する偽装婚約者を探しており、エヴァスは身分の差を理由に断られたという。婚約という言葉に動揺して、すべてを聞き逃していたみたい。

「それで、偽装ですら断られたと？」

「はい。どうしても彼女の力になりたくてお母様に助力を仰《あお》いだのですよ。でも私は彼女と偽装ではなく、本気で婚約したいと思っているのですが……」

なるほどね。

だからあのお嬢さんは婚約の話に行かないよう薬草の話だけをして、さっさと帰って行ったのね。

私《わたくし》としたことが！

やられたわ！　上手いこと乗せられるなんて！

中々やるじゃない。気に入ったわ。

正式な手続きはせず、誰かに申し込まれた時は断る理由としてお互いに名前を出してもいいと持っていけば、彼女も承諾するしかなくなるわ。

そして、既成事実を積み重ねれば外堀は埋まるわね。

ふふふ。

見ていなさいよ、マリー。

私を手玉に取るなんてこと、二度とさせませんわよ。

まずは徹底的に身元調査ね！

「エヴァス。この件は私に任せなさい。悪いようにはしなくってよ」

「はい。お母様」


エヴァスさんのお母様とのお茶会がやっと終わった。ああ、怖かった。

馬車まで手配して送り迎えだなんて、流石上級貴族。至れり尽くせりだわ。

まったく、上級貴族からのお茶会の誘いなんて強制呼び出しじゃない。恐ろしい。

突然だから何事《なにごと》かと思ったけど、結局、何だったんだ。

とにかく今日の目的は果たした。団長さんの娘さんから貴族用のドレスを借りられて助かったし。

機嫌も損《そこ》ねず、薬草談議で楽しく終わり、無事に帰って来られた。

私、よくやった。

それにしても、エヴァスさんが親にどう説明したのか気になるなぁ。

偽装婚約の話をしていなければ良いのだけれど。

黒神官が上級貴族にそんな話を持ち掛けるなんて失礼すぎる。

頼むよ、エヴァスさん。


翌日エヴァスさんが昨日のお礼にと、アポなしで裏庭薬草庭園にやって来た。

タイミング悪く普段は夕方に来る、同じくアポなしで来たカトリーナとハーブを収穫《しゅうかく》している所に。

いや、二人とも学校をサボっちゃダメだって言ってるでしょ。

「ジョセスカトリーナ様。ここで何を?」

ジョセスカトリーナ様?

「エヴァスルーゼン。あなたこそなぜ?」

学年が違うはずだけど二人は知り合いなんだ。

カトリーナの本名はジョセスカトリーナと言うのかな。

珍しくあの腹黒執事があたふたし、この狭い裏庭でお茶会が始まった。

なんだか二人は仲が良くない様子。

「……」

ただならぬ様子に私の危機察知能力が逃げろ告げる。

そっと姿を消そうとすると執事に肩を摑《つか》まれて、笑顔で圧力をかけられた。

お、お前ってやつは……。

私が困っている時に助けてくれなかった癖に。

腹黒執事と笑顔の攻防をしていると、エヴァスさんが「マリーもここに」と案内してくれる。

い、居心地が悪い……。

「私はマリーと婚約の話をしに来たのです」

は？

エヴァスさん、偽装という文字をお忘れでは？

「マリー。それ本当？」

はは。カトリーナ、顔が怖い。

話しぶりからすると、カトリーナはエヴァスさんより身分が高そうだな。

一緒にレンガを積んでくれたカトリーナは何者なんだろう？

「……少し誤解があるようです」

脳内パニックで、にっこりと笑ってとにかく時間を稼ぐ。

確かに偽装婚約をしてくれる人を探していたけれど、偽装婚約は断ったはず、とか話が複雑すぎる。

というか、エヴァスさん。まさかあなた、お母様にそれを?

「私はマリーにいろいろ頼られていますからね」

「まぁ、私の方がもっと頼られているわ。うふふふ。私の方が親しいのですから」

いや、今は目の前のカトリーナだ。

私の可愛いカトリーナにこんなドロドロとした話(妄想)を聞かせたくない。

「エヴァスさんの家のお茶会に呼ばれて、薬草の育て方のご説明に伺っただけですわよ。おほほほ」

もう神官とか貴族とか分からなくなって、仕草もつられてお貴族様になってしまう。

「あら、お茶会ということは、もうご両親と?」

「いえ、それは違わないけど、違うのです」

ダメだ。このままだとあらぬ方向に。

少々過激な表現も出てくるが、誤解されるくらいなら多少変態でもいい。

そして私はカトリーナに偽装婚約の経緯を、脳内妄想も含めてぶっちゃけた。

「……。そういうことね。で、偽装ね……」

そう、そう、偽装。
女子なら分かるよね、この気持ち。
「それなら私が盾になるから安心してマリー。私が、何とかしてあげる！」
「カトリーナ!!」
どう盾になるのかは分からないけれど、カトリーナの手を取って握りしめる。
持つべきものは友。
カトリーナ大好き。
愛のない愛人生活（脳内）から救ってくれる命の恩人。
ふと見ると、エヴァスさんがワナワナして絶句していた。
おおっと。私のぶっちゃけ脳内妄想の被害者がこんなところに……。
なんかごめんエヴァスさん！　刺激が強すぎた。
それと、あとでフェルネットさんにカトリーナの身元調査を頼もう……。

「カトリーナがジョセスカトリーナ様?!」
フェルネットさんに身元調査を頼もうと思ったら、既にみんな知っていた。

常識なの？

「だから、本名を知らなかったって言ったじゃないですか」

「だからって、あのパシリにしてたカトリーナがジョセスカトリーナ様？」

「言い方！」

むぅ。

真冬にレンガを積む苦行を一緒に乗り越えた戦友なのに。

今もたまーにちょっと遠くの資材を、ちょっと走って持って来て貰っているくらいだし。

太りやすい彼女からは、おかげでスリムボディを保てていると感謝されているのに。

「で、誰なのですか？」

「第三王女」

なんでそんな人が黒神官服を着て、汚い肥料袋を肩に担いで走っているのよ。

汚れるからって黒神官服を着せたのは私だけど……。

「と、とても庶民派な王女様なのですね。力も強いし……ははは？」

「もう力仕事させるなよ。過去のことはなかったことにしとけ。それと、学校は二度とサボらせるな」

確かに。

授業は必ず受けさせよう。

こうなったら家庭教師もしてあげよう。

こっちは資料室のおかげで知識武装しているし。

「……そうだ。カトリーナが盾になってくれるって」

パコン。

師匠あざす。


しばらくしてエヴァスさんのお母様から『いくらS級冒険者の娘だからって、離れに隔離されるような黒神官が息子と婚約したいなんて二度と言わないように』といった内容がとても遠回しに書いてある、かなり長文の『お怒り』のお手紙が届いた。

ちょっと、エヴァスさん？　勝手に婚約話にしないでよ！

まぁ、なんだかんだで丸く収まって、良かったのかな。はは。


「ねぇ、マリー。エヴァスの話はなくなったけど、好きな人とかいないの？」

あれからしばらく経って、カトリーナが冬休みになったので裏庭の私の部屋にお泊りに来た。

一緒に食堂でご飯を食べて、一緒にお風呂に入って、今はカトリーナが持ってきたお揃いの白いもこもこパジャマを着てベッドの上に座っている。

カトリーナのゴージャスなオレンジ色の髪は頭の上で緩いお団子に。もちろん私のベージュの髪も同じように結んで貰った。

ホントに、第三王女が裏庭の黒神官の部屋にお泊りって大丈夫なのかな？

教会の警備は万全だっていうし、一応、聖騎士がお外で見張りをしているらしいけど。

とりあえず、聞かれていることが前提だと、この話題は避けたいな。

「カトリーナ、その話題は……」

私がコソコソと小声で言うと、カトリーナは枕を抱えたまま大笑いをする。

「あははは、大丈夫よ。私の防音結界で、会話は絶対に聞かれないから安心して」

なんと！　カトリーナはフェルネットさんと同じ闇属性なんだ。流石、王族。

「ああ、安心したぁ。っていうか、好きな人とか考えたこともなかったな。妄想の彼氏ならいるけど」

「何それ？　妄想の彼氏？」

「カトリーナはいないの？　妄想の彼氏っていうか、理想の彼氏」

カトリーナは私の横にくっ付いて来ると「うふふ。いるぅ」とへにゃっとなる。

なんか可愛い。

「カトリーナはどんな人が理想なの？」

「えっとね、笑顔が素敵で、優しくて、頭が切れて、決断が出来る人。そして太らないお菓子をいっぱいくれて、可愛いものが大好きな人。マリーは？」

ははは。思ったより要求が多いな。でも、理想だからね。言ったもの勝ちか。

「私は……。一言で言うと、一緒にいたらお互いに楽しい人かな？」

「でも、それってすごい理想が高くない？　しかもお互いにって」

「うん。私もそう思う」

「でも、マリーらしいよね」

「うふふ。お互いに気を遣い合える人がいいなって。一緒にいるなら傷つけ合う関係は嫌だなって」

「前から思っていたけど、マリーって意外に大人だよね。私は相手の気持ちなんて考えたことすらなかったな。本音が言える相手がいいなんて思っていたけど、それが相手を傷つけていい免罪符にはならないものね」

中身が中二なんで、十歳とは違うのですよ。

「カトリーナだって十分大人だよ。それに『決断が出来る人』だなんて。流石王族って感じだし」

「そりゃあね。優柔不断な大臣たちを見ているとイライラしちゃうし。おじさんってなんであんなに事なかれ主義なのかしら」

「んー。よく分からないけど。どこに影響があるか把握出来ないと、現状維持の方が安全とか思っちゃうのかな？　責任も取りたくないだろうし」

「そんなもんかなぁ。だから決断出来る人に憧れちゃうの。カッコよくない？」

「うん。カッコいい。すごい勇気がいるし。それに、お菓子をいっぱいくれて、可愛いものが大好きな人でしょ？」

「キャー。改めて言われると恥ずかしいー。それにただのお菓子じゃなくて、〝太らないお菓子〟だからね」

そう言ってカトリーナが私にもたれ掛かってくる。

「マリー。私、可愛いものだけじゃなくて、ふわふわな物も好き！」

「私も！」

「このパジャマ、気に入ってくれた？」

「うん。ありがとう。この、もこもこが可愛すぎる！」

「だよね！　一目ぼれしてマリーとお揃いで夏に買ったの。冬になるのが恋しかったよー」

「えー。その時から私の分も？　カトリーナ大好き！」

「私もマリーが大好き！」

うふふ。

お泊り会なんて初めてだから楽しいな。

二人で毛布に包まって、肩を寄せ合って話していたらだんだん眠くなってきた。

こんな感じで私の日常は、裏庭庭園や資料室管理、時にはカトリーナがお泊りに来たり、エヴァスさんとお茶したり、ガインさんたちの仕事がない時にはおじいさまの家に泊まったりと、成人するまで特に大きなトラブルもなく平穏な毎日が続いた。

# 十五歳直前　マリーの進路

「お前、そろそろ十五歳だろ。将来はこのまま白神官になって、資料室の魔術師として就職するのか？」

資料室の魔術師……。

あれから五年。今年の夏も終わりそう。確かにこのまま流されたらそうなりそうだな。

前世の年《十四歳》を超えてこの私がとうとう成人する。

教会の生活が意外に楽しくて、何も考えずにここまで過ごしてしまった。

「どうしましょう」

保護者全員が揃ったおじいさまの家のリビングで、私は初めての進路に頭を抱えた。

「お前は何に、なりたいんだ？」

みんなでテーブルを囲み、ガインさんが私を正面から見据えて『何でも言ってみろ』と優しく微笑んでくれる。

薬草と回復薬を研究する。これは一生変わらない。

でも、冒険者になって、尊敬するガインさんたちに少しでも近づきたい。

戦闘もしたことがないのに甘いのかな、迷惑かけちゃうかな……。

いや、ここは相談の場。

遠慮せず、すべてを吐き出し聞いて貰おう。

「……甘い考えかもしれませんが、冒険者になりたいです。そして将来は恋愛結婚を……」

パコン。

苦笑いの師匠に頭を軽くはたかれる。最近特にツッコミの間が良いな。

じゃなくて、ふざけてないってば。

「恋愛結婚は置いといて、冒険者になりたいってのは本当か？」

ガインさんが嬉しそうな顔で前のめりになった。

「はい。冒険者になって、みなさまのように身も心も強い人間になりたいです。当面の目標は、みなさまに見合う程度の実力を付け〝黒龍〟に正式に加入することです。また、将来、寿退社した暁《あかつき》には転職し、資料室の管理、薬草園の管理、回復薬の研究などをしながら、余生を過ごすことが夢です」

みんな目をぱちくりさせて「寿退社？」「転職？」「余生？」などと叫んで、ぐったりと脱力する。

てへ、ちょっと夢を詰め込みすぎちゃったかな。

でも、夢は大きくなくっちゃね。

「ははは。まさか嬢ちゃんが私たちを目指したいと言ってくれるとはな」

師匠が嬉しそうに私の肩を揺らす。

えへへ。ちょっと照れる。

「安心しろ。お前は俺たちのパーティーメンバーのままだ」

「嬉しいじゃないか。僕は応援するよ」

「これからは仲間だな。とうとう父親卒業か」

反対するどころか、みんなは嬉しそうに応援してくれた。

良かった。まだみんなと一緒にいられるんだ。

ずっと気になっていたけど、冒険者登録もしていないのにあれからずっとメンバーのままだったんだよね。距離が離れていると経験値が入らないから、あまり意味はなかったのに。


それともう一つ。私は昔からずっと考えていることがある。

それは、教皇様に本物のステータスを見せて、正直に話すことだ。

冒険者の仕事と回復の仕事。

今の私なら両立出来ると説得出来る。

でもそれは、複数の加護持ちの悪魔として捕らえられる可能性も。

あまりにリスクが大きいのでずっと避けてきた。

この機会にガインさんたちの意見も聞かせて貰いたい。でも、これをどう伝えたら……。

私が何度か言い淀んでいると、師匠が「何でも言ってみろ」と頷《うなず》いてくれる。


「実は……」

私はこの十年近くの間、教会や教皇様にどれだけ良くして貰ったかを率直に話した。

そんな教皇様を騙したまま生きて行くのは嫌だし、聖女の仕事から逃げるのも心苦しいと。

それに、一生コソコソと生きるのは嫌だし、教皇様を信じてる。

「今の私は教会で〝かなりの実績と信用を得ている〟ので、リスクが少ないと思うのです。ぜひ、みなさまのご意見をお聞かせください」


みんなは押し黙り、それぞれに考え込んでしまった。

おじいさまは難しい顔をして腕を組んで唸っている。

私は緊張しながら、みんなの言葉をじっと待った。

長い、長い沈黙の後、最初に言葉を発したのは意外にもフェルネットさんだった。

「僕はいいタイミングだと思うよ。どのみち聖女としての活動は成人後だし。教皇様さえ黙認してくれたら、普通の聖女として扱って貰えると思う」

「教会側には、非公開で聖女教育期間中だったたと誤魔化せるしな」

続いてハートさん。

「嬢ちゃんにはガインが聖女教育を叩き込んでいたから、問題はないか……」

師匠が唸りながらも、そう言った。

「俺は正直怖い。確かにそれも想定して、困らないように教育した。だが俺たちの娘として育てて来たマリーが万が一望まない人生を歩むことになったらと思うと、恐ろしい」

ガインさんは「教会の力は大きすぎるんだ」と項垂《うなだ》れて、師匠に肩を叩かれ居心地悪そうに笑う。

そしてみんながおじいさまの顔を見た。

今まで成り行きを見守っていたおじいさまが重い口を開く。

「わしは……マリーが信じた人を信じるだけだ。心のつかえが取れぬまま冒険者になっても、後悔するだけだと思うぞ」

赤い目を更に真っ赤にしたガインさんが、私を見て頷《うなず》いた。

「俺もマリーが信じた人を信じる。すべてお前に任せるよ」

「ここまで育てて頂き、本当にありがとうございました」

感極まって涙が溢れ、感情のままに頭を深々と下げる。

そんな私をみんなが抱きしめてくれるから、凄く、凄く、嬉しいのに、子供のように声を上げて大泣きしてしまった。


後は全部、私次第。

# 閑話　十五歳直前　リリーの進路

村はずれの少し高台にある大きな木の下で、キリカと一緒に朝から空を見上げてぼーっとする。

暇すぎて、ゆっくり流れていく真っ白な雲をずっと目で追っていた。

あ――、つまんないなぁー。

「なぁ、リリーは将来、どうするつもりなんだ?」

まただ。

キリカも私に面倒なことを聞いてくる。

今が楽しければそれでいいじゃない。

みんなして将来、将来ってさ、バカみたい。

その時になったら考えればいいのに。

「言ったでしょ。魔法が使えないんだって。それともキリカがどうにかしてくれるの?」

面倒だから、ちょっと悲しそうな顔をしてみせた。

するとキリカが真剣な顔をして私に向き直る。

「うちはさ、家族全員で毎日畑に魔力を注いで作物の世話をしている。一人でも多くの緑《みどり》持ちが欲しいから、嫁にするなら魔力量の多い緑って言われてんだよ。ほかの家も殆《ほとん》どそうだ。ルディは魔法の先生になるために、だいぶ前に村を出た」

「だから何なの？」

キリカは困ったような顔をして、大きくため息を吐く。

「だからみんな、ちゃんと将来を見据えて努力してんだって。リリーだって読み書きや計算が出来れば役場で働くことも出来るだろ。それに、村を出て大きな町に行けばそれなりの仕事も見つかるし」

こんな辺境の過疎地の村役場なんて役場の仕事と手紙の配布、それに冒険者ギルドと教会の代理、要するに村全体の雑用係だもん。

冗談じゃない。魔力量の極端に少ない人の職業だし、そんな人と結婚したくない。

大きな町には行きたいけど、独り暮らしなんて父さんが許すはずもないし。

「そういうの向かないって知ってるでしょ？　いいの。全部、母さんが悪いんだから」

「俺だって出来ないけどリリーのために読み書きを頑張ったんだよ。一緒にやろうってあれだけ言ったのに、全然やらなかったじゃないか。楽なことばっかりして誰かのせいにしてないでさ、少しは自分でも努力してみろよ。おばさんみたいに専業主婦なんて普通はありえないんだぞ」

努力しても魔法が使えるようになるわけじゃないし。

何も出来ないのは全部、母さんと死んだ姉のせいで、私は関係ないもん。

それにいろいろやろうと思っても、ミーナが私より先にやっちゃって狡《ずる》いんだもん。

だからミーナが持ってる物が全部欲しくなって。

そうしたら泣きながら『ワースだけは取らないで』だって。笑っちゃう。

いらないよ、そんなの。面倒くさい。

「だったらキリカが私をお嫁さんにしてよ。そうしたら少し頑張れるかも」

「急にそんなこと言うなよ。それでリリーが頑張れるって言うなら考えるけどさ」

キリカが真っ赤になってそっぽを向く。

ずっと前から私のことを好きなのは知ってるし。

「だめ？」

「……ダメじゃない。親を説得してみる。でも、リリーも料理と裁縫が出来るようになってくれよ。

さすがに何も出来ないじゃ、説得出来ない」

「キリカが私に本気なら、説得出来るよね。私も母さんに相談するから」

「分かった。頑張る」

キリカが少し震えながら、恐る恐る私を抱きしめた。

ふふ。

料理なら楽しそうだし、母さんに教えて貰おうっと。

# 教皇様に悪魔の告白

おじいさまの家でみんなと進路を話し合った翌日に、さっそく教皇様に面談を申し込み、執務室の人払いをして貰った。

私は誤解のないように加護の話をするため、頭の中で何度も説明の手順を確認する。

落ち着け、落ち着け。昨日みんなに言われたことを、もう一度思い出すのだ。

「うむ。側近まで下がらせて、二人だけで折り入って話がしたいと聞いたが、どのような用件じゃ？」

執務室の扉が閉まると教皇様は、ニコニコしながら私の前まで歩いて来た。

「申し訳ございません!!」

なのに教皇様の顔を見たら緊張で頭が真っ白になり、気が付いたらすべてを忘れて土下座していた。

ごめんなさい、みんな！　本番に弱すぎて、自分でも何をしているのか分からない！

おそらく土下座を初めて目にした教皇様は、慌てふためき「資料室が燃えたのか?」とか「別室に同じ資料が保管されておる」とか「怪我はなかったか」などと言いながら、肩を支えて私を起こしてくれる。

「違うのです。ステータスを偽《いつわ》っていたのです!」

パニックな私は計画も忘れて、いきなりステータスをフルオープンした。

マリー　女　14歳　光適性
Lv.112
S級冒険者「黒龍」所属
HP　1073/1073
MP　78028/78028

光属性Lv.28
闇属性Lv.25
火属性Lv.32
水属性Lv.49

緑属性Ｌｖ．18
土属性Ｌｖ．22
風属性Ｌｖ．16

緑の精霊
光の女神
闇の女神
火の女神
水の女神
緑の女神
土の女神
風の女神

「な！」

突然目の前に出された長いステータスを見て、教皇様が固まってしまった。

あ、計画ではステータスをフルで見せる予定はなかったのに。

とりあえず、悪魔だと叫ばれずに済んでホッとする。

でも、固まったままの教皇様の姿を見て、何故かだんだんと頭が冷えてきた。

あまりにも長い時間教皇様が動かなくなったので、いつもお茶を入れてくれていたモーラス司教様の代わりに私がお茶を準備する。

フリーズしたままの教皇様をソファーに座らせて、その前にお茶を置いた。


「マリー……」

「申し訳ございません！」

隣に座りもう一度深々《ふかぶか》と頭を下げると、教皇様は額に片手を当てて「それはもう良い」ともう片方の手をひらひらさせる。

「きちんと説明してくれるか？」

真剣な顔つきになった教皇様を前に、私もきちんと姿勢を正した。

「はい。実は六歳の時、違法なアイテムを使用し、ステータスを誤魔化しました。この複数の加護があるために、悪魔の子として教会に拘束されるのが怖かったからです」

「そのアイテムはどうしたのじゃ？　この加護はどうしたのじゃ？」

「アイテムは返却済みです。加護は……」

私は加護を貰った五歳のあの日の、女神様との出来事を包み隠さずすべて話した。

「なるほど……女神様が現れたのか……」

教皇様は放心状態で、上を向いてため息を吐いたり考え込んだりしている。


---

神が七種の女神を作った。

火の女神は情熱と正義。

水の女神は浄化と美。

風の女神は自由と知性。

土の女神は創造と安定。

緑の女神は収穫と成長。

闇の女神は秘密と真実。

光の女神は再生と癒し。

神は人々に生命を与え、女神の眷属である精霊は、人々に加護を宿らせる。

神と女神は決して人に干渉しない。

---

教会のあちこちで目にした神と女神の記述。

この女神様たちが姿を現したのだもの。驚くのも無理ないよね。

信じてくれるといいけれど。


「マリー。おぬしの言うことをすべて信じよう。人に干渉しないと言われている女神の加護は、おぬしにだけ与えられた特別な祝福じゃ。教会が悪魔の子として拘束することはないから安心せい。今後、おぬしには聖女として衣食住と安全のすべてを教会が提供する」

「ありがとうございます。本当に私、悪魔になったりしないのですよね？」

「ふぉ、ふぉ。あれは全部作り話なんじゃよ」

「作り話？」

「大昔は加護の横取りによる子殺しも頻繁に起きていた。そこで教会は抑止力のために、おとぎ話を広めたのじゃ。今はおぬしのような不幸な事故が起きぬよう、加護の部屋の前で保護者が監視する決まりが出来た。教会だけで全国の加護の儀式をすべて監視することは不可能じゃからな」


そして、神官たちが歴代の聖女たちを神のように扱うのは、聖女の仕事が人々を癒す崇高なものだから。そんな崇高だけどとても大変な聖女の仕事が、光の加護を持つ者の義務になるらしい。

そのために教会はどんな協力でもしてくれると言われた。

「身の安全のために護衛を付けるが、公務以外の行動は強制しない。聖女教育はおぬしが恥をかかないためにも必須じゃがな」

聖女派遣の公務以外にも外交や寄付集めの茶会や夜会などがあるため、マナーや一般常識、ダンスなどの教養が必要だからと。

寄付集めの公務は強制はしないが、出来るだけ参加して欲しいとも。


「あ、あと、結婚は自由に出来ますか？」

「結婚？」

「ほら、私って光適性じゃないですか。どこかのお貴族様の愛人とか側室にされて、愛のない結婚生活を送るのかと心配で、心配で……」

私にとって一番の懸案事項だった結婚についても、この際ついでに確認する。

「あ、愛人？　側室?!　なんて心配を……。もちろん自由じゃ。マリーが聖女でなくても本人が望まぬ結婚なぞ、わしが許さんわい。安心せい」

教皇様は驚き呆れかえった後、優しく微笑みながら私の肩を軽く叩く。


なんと！　確かにすべて脳内妄想だったけど。

カトリーナには後でお礼の手紙を書いておこう。

「今後聖女の派遣要請が出たら、護衛に第二聖騎士を、側仕えに神官を、いくらでも連れて行ってかまわん。この国の聖女は現在ご高齢の聖女とマリーだけじゃ。人手が足りない時は他国の聖女も応援に来るが、逆に他国への応援もある」

「護衛はS級冒険者でもいいですか？」

「国内ならな。S級冒険者の国境越えは国が嫌がるからな」

やっぱりな。ガインさんが言っていた通りだ。これはシナリオが出来ている。

「じゃあ、国内で聖女に派遣要請する時は、冒険者ギルドに依頼してください。私たち〝S級冒険者　黒龍〟が引き受けます！　護衛も側仕えも必要ありませんので、かなり経費削減出来ますよ！」

ドンと胸を叩くと、教皇様は私の迫力に「そ、そうか……ははは」と力なく笑う。

「これは……何とも……。長い間いらぬ気苦労をさせて、本当にすまなかったのぉ」

教皇様は申し訳なさそうな顔で私を見た。

いやいや、教会の中のことは外の人間からすると、未知だから恐れていただけですって。

「勝手に想像して、勝手に誤解した私が全部悪いのです。もっと早く教皇様に相談すれば良かったのです」

信じてくれて良かった――。

そして信用して話して良かった――。

流石にあの加護に関しては、教皇様とモーラス司教様だけの秘密にすると言っていた。

「これから覚悟をして欲しい。おぬしが成人したら、聖女のお披露目をする。聖女誕生は何十年も国民が待ち望んでいた希望じゃからの」

「はい」

「そしておぬしは自身を誇《ほこ》るが良い。おぬしが世に出した〝魔法を使わず生成出来る回復薬〟のおかげで、各地で回復薬が量産出来るようになった。おかげで教会の資金源が大きく増え、薬が安く提供出来るようになったのだぞ」

「良かったー！　光魔法のことを隠していたから、罪悪感で必死だったのですよ」

教皇様は嬉しそうに「ふぉふぉふぉふぉ。そうじゃったのか。成人してからも、離れの自室や裏庭は自由に使うがよい」と私が望んでいたことを逆に提案してくれた。

「最近は薬草の議題が多くてな……」と呟いていたのは聞き流すことにする。

「はぁー。私、緊張が取れたらお腹が減っちゃいましたよ」

「ふぉ、ふぉ、ふぉ。そこの棚にお菓子が入っているから食べて行きなさい」

「わーい」

私は立ち上がると、遠慮なく棚に入っていたお茶の香りのするクッキーを出して頬張った。

はぁ、すべてが終わった後の甘いものって癒されるわぁ。

ちなみにステータス偽装は六歳の時だったたし、時効にしてくれました。

ありがとう教皇様。


「ただいまぁ」

「「「どうだった?!」」」

一緒に帰って来たハートさんと共にリビングに入ると、おじいさまやガインさん、師匠にフェルネットさんが一斉に出迎えてくれる。

「全部まるっと受け入れてくれました」

指でＯＫポーズをしながらニッコリ笑うと、おじいさまがギューッと抱きしめてくれた。

「そうか！　ちゃんと話が出来たんだな！」

実は最初に探りを入れて、危険な雰囲気だったら『光の加護だけ特別に使えるようになった』とだけ伝える作戦だったのに、あの時テンパっていきなり土下座してしまったのは内緒だ。

「良かったー」とガインさんがその場にへたり込む。最後まで心配して、この作戦を考えたのもガインさんだったからね。

「意外に話の分かる教皇様で良かったな」と師匠が私の肩を叩く。

フェルネットさんが嬉しそうに私の横を飛び跳ねて「〝黒龍〟正式加入歓迎会をやろうよ！」と言い始めた。

「よし、爺さんは料理、俺とシドさんは買い出し。ハートとフェルネットは爺さんの手伝い。マリーは……ここで茶でも飲んでろ。以上、解散！」

いつものようにガインさんが指示を飛ばすと一斉にみんなが動き出す。

うふふ。初心者がS級冒険者のパーティーに加入出来るとか、凄いことなんだよな……。

小学生がいきなり東大に入るくらい、とんでもないことなんだよね。

私はテーブルにお皿を並べながら馬鹿なことを考えているとフェルネットさんがお茶を持って来てくれた。

「マリーは座って、座って。今日の主役なんだから」

キッチンから顔を出したハートさんも「そうだぞ、お姫様」と言って私が並べていたカトラリーを受け取り並べ始める。

「では、お言葉に甘えて」

優雅に動くハートさんの手元を見ていると「小さなマリーはこれが好きだったろ?」と、風魔法で器用にカトラリーをくるくる回し、バーテンダーみたいにコップもカッコよくジャグリングしてくれた。

「うふふ。すごーい。今日は特別すぎて怖いくらいです」

「僕もそれ好き」

よく二人でハートさんにおねだりしたんだよね。懐かしいなぁ。

その夜はおじいさまの家で私の〝黒龍〟正式加入歓迎会が盛大に行われた。

「ところでマリー、さっき言ってたお披露目って何?」

「聖女のパレードをするって言ってましたよ。とんでもなく盛大な」

「「「パレード?!」」」

みんなが驚いてポカンと口を開けた。

私の聖女デビューはどうなってしまうのだろう。

カトリーナやエヴァスさん、教会のみんなに冒険者のおじさんたち……。

絶対に驚くだろうな……。

# 番外編

# ギルド長 VS 聖騎士 両者の視点(初めてのフィアーカの裏側)

俺の名前はユーリ、フィアーカのギルド長だ。

今はギルド長室の大きな机で、朝の日課となった依頼達成報告書の確認を行っている。

毎日、毎日この部屋で、山のような書類と格闘し、会議やギルドの運営、冒険者同士のトラブルの仲裁にランク付け、寝る暇なんかありゃしない。昔みたいに旅に出て、自由気ままに暮らしたいもんだ。


コン、コン。

生真面目な若いギルド職員のオリバーが、ドアの隙間から顔を覗《のぞ》かせた。

「ギルド長。お客です。S級冒険者『黒龍』のリーダーがお会いしたいそうです」

「何?! ガインがここへ?!」

俺は思わずペンを置いて立ち上がると、その勢いで椅子がガタンと後ろに倒れてしまう。

何をやっているのかと自嘲しながら椅子を直していると、ガインは赤い頭を少し屈めてギルド長室に入って来た。

「よぉ、ガイン。元気だったか？」

「久しぶりだな、ユーリ！　わははは。すっかりギルド長らしくなったな。その顎髭も似合ってるぞ」

ガインと俺は王都近くの大きな町、レンブルクの幼馴染。

昔は二人で組んで、一緒に戦っていた時期もあったんだ。

「あ！　シドさんも一緒でしたか」

後から入ってきたシドさんが「裏に荷馬車を停めさせて貰ったよ」とにっこり笑う。

使い込まれたシルバーの双剣が相変わらず渋い。

「おい」

俺が目配せすると、オリバーは荷馬車の見張りを手配しに出て行った。

「そんなところに突っ立ってないで、とりあえずそこに座れよ」

二人は「突然悪いな」と恐縮しながら、あちこちすり切れた黒い革のソファに座る。

同郷の英雄である古い友人が訪ねてきてくれたんだ。いつ来てくれても嬉しいに決まってる。

「大したもてなしも出来ないがな」

俺はそう言って、先週貰ったお茶の葉を適当にポットに放り込んだ。

「ははは、悪いな」

「いいってことよ。山の向こう側と違ってこっちは平和だからな、ってあれ？　子供たちは？」

「あいつらは買い物に行かせた。後で合流する。ははは。ハートはもう子供って感じじゃねぇぞ。会ったら驚くかもな」

「そうそう。あいつは急にでかくなりやがって。私の背なんて一気に抜かれたわ」

「おいおい。それじゃ、俺も抜かれているかもな。フェルネットは相変わらずか？」

「あいつは変わらねぇな。いつまでたっても悪ガキだ」

そう言いながらガインがお茶に口を付けるとブッと噴いた。

「なんだこりゃ」

「わはは。気にすんなって。俺はお茶を入れる才能がないんだよ」

「はっ、はっ、はっ。おまえさんは相変わらずだな」

そう言ってシドさんが綺麗な手つきでお茶を入れ直してくれた。

おお、同じお茶の葉とは思えない。これ、美味いお茶だったんだな……。


「で？　何かあったのか？」

俺はお茶を飲んで一息つくと、カップを置いて二人の顔を交互に見る。

「これからフェルネットが情報収集に走るからちょっと騒がせるって連絡と、誰かが俺たちを捜しに来たら適当に誤魔化しておいてくれ。俺の勘では何か起きてる」

「どういうことだ？」

俺は顎髭に手を当て、疑問を投げかけるようにガインを見た。

そこにシドさんが割って入る。

「はっ、はっ、はっ。これは私から説明するよ。今、受けている依頼なんだが、預かった子供がどうも訳アリでな。だが、親からの正式なS級への極秘依頼だし、金もきちんと支払われている。こちらに後ろめたいことは一切ない。だから、万が一私たちを訪ねて誰かが来ても、取り合わないで欲しいんだ。いや、おまえさん相手に取り繕っても仕方がないな。率直に言おう。口止めに来た」

「口止め？　追っ手ってことですか？　相手に心当たりは？」

「いや、まだ町に着いたばかりで、追っ手がいるのかどうかも分からない。すぐにフェルネットが調査にまわるが、杞憂に終わってくれることを願っているよ」

「まぁ、何もないに越したことはないですが、随分と警戒していますね」

「まぁな。だが、こっちもこれ以上は話せねぇ」

ガインが横からそう言うと、シドさんが「すまんな」とカップに口を付ける。

極秘依頼って言ってたもんな……。

「こちらも詮索するつもりはありません。それにしてもフェルネットは、伝手《つて》があちこちにあって流石ですね。あいつはどうやって知り合いを増やしてるんですか？」

「はっ、はっ。あの子は人に好かれるからな。それに、金払いもいい。上級貴族の出だから何かあった時に頼りやすいってのもあるんだろうな」

「ははは。理由がそれだけじゃ足りないくらいの情報通だ。ま、何であろうと二人の頼みですから全面的に協力しますよ。ガインの勘は馬鹿に出来ないし。おまえの用心深さと心配性は変わらないな」

「わははは。シドさんの言う通り、万が一ってやつだ、万が一」

「で、どのくらいこの町にいるつもりだ？」

「一泊したら町を出る。ここにはユーリに会いに来たのと、フェルネットに情報収集させるために寄っただけだし」

「もう少しゆっくりしていけばいいのに。追っ手がいるとは決まっていないんだろ？」

「連れているのは五歳の娘だからな。用心に越したことはねぇ」

「五歳の娘？　お前の隠し子だとか言うなよな」

「わはは。そんなわけねぇだろ。でも俺たちが心配しないよう、いつも無理して笑っているような子なんだ。出来るだけ怖い目に遭わせたくねぇ」

ガインが娘を想う父親のような目でそう言った。

シドさんも目を細めて頷いてるし、よっぽど良い子なんだろう。

「よし！　その件は全部俺に任せとけ」

ガインがこの町を去って数日後、金の紋章を付けた聖騎士が冒険者ギルドを訪ねてきた。

俺は受付カウンターを覗き見てげんなりする。

紋章が金ってことは団長か……。

「どうします？　ギルド長室に通しますか？」

「いや、居座られたら面倒だ。俺がカウンターに行って対応する。今、聖騎士の対応をしている職員は下がらせろ」

「はい」

オリバーは受付担当の女子職員に声をかけ、裏に下がらせた。

さてと……。

「ここのギルド長をしている者だ。聖騎士様がなんの用だ？」

カウンターに出た俺の顔をまじまじと見た聖騎士は「五歳の女の子を捜している」と声を低くした。

やっぱりか。

「知らねーな」

「青緑の綺麗な目の色をしている。一度見たら忘れないはずだ」

「見てねーな」

ハートと同じ目の色なのか。確かに人目を引くな。厄介な特徴だ。

「では質問を変えよう。S級冒険者のパーティーは今どこにいる？」

「だから、知らねーって」

「いや、S級冒険者の黒龍がこの町に来たことは、門番に確認出来ているんだ」

くそっ。口止めしておいたのに。

「来たことは来たけど、素材を売ったらすぐに出て行ったし、聖騎士様が知りたいようなことは何も知らねーよ」

聖騎士が困り果てた顔でため息を吐いた。

頼むから諦めて帰ってくれって。

そこに部下らしい聖騎士がギルドの中に入ってくる。

「団長！　彼らの宿泊先が分かりました！」

まいったな。目撃者が多すぎる。急いで手を打たなければ。

「邪魔したな」

踵《きびす》を返した聖騎士に、俺は思わず殺気を向けた。

「見つけてどうすんだ」

「連れていた娘を保護するだけだ。冒険者の方には用はない」

聖騎士は肩越しにそう言うと、そのままギルドを後にした。

「ギルド長、ガインの予感が当たりましたね」

「ああ。こっちにも追っ手が訪ねてくるかもしれないってな」

「どうしますか？」

「信用出来る支部のギルド長に事情を話して、フェルネットに情報を集めてやれ。とにかくギルドの威信にかけてもこの依頼を無事に成功させるぞ」

聖騎士が去って数日後、近隣に情報収集に行かせたオリバーが町に戻ってきた。

「どうだった？」

「はい。隣の支部のギルド長の所にも聖騎士が訪ねて来たそうです。山のこちら側全部の町や村をしらみ潰しに捜していると言ってました」

「全部の町や村を？　辺境のルバーブ村までか？」

「はい。教会は娘を攫《さら》ってどうするつもりなんですかね？」

「訳アリって言ってたけどな……。それで、フェルネットとは接触出来たか？」

オリバーは苦笑いで首を振る。

「そうか。追っ手がいると分かって連絡を断ったのか。あいつらが本気で身を隠すつもりなら誰にも捜せないな」

俺はポットにお茶の葉を適当に放り込み、お湯を入れてオリバーに渡してやった。

「ぶっ。何ですか、これ」

やっぱりか。

シドさんの出す水が美味いのかもな。

「ギルド長はお茶の葉を無駄にするから触らないでくださいって言ったじゃないですか」

「この間は美味かったんだって。それより、聖騎士は今、どの辺だ？」

「通常ルートに入って行きましたよ」と言いながら、オリバーがポットを覗く。

「山越えか。あいつらも山に向かったんだよな？」

「分かりません。通常ルートから戻った冒険者たちからは情報が得られなかったです。別ルートで登ったか、まだ山に入っていないのかもしれませんね」

引き返したって情報もないし、これから本格的な冬になるのに子供は大丈夫なのか？

私たち第一聖騎士団は教皇様の命令で、五歳の娘を捜している。光の加護を奪われた、聖女にならない光適性の子供らしい。このことは、団長の私と副団長にしか知らされていない極秘事項だ。

そしてやっとフィアーカの町で手掛かりを見つけたが、一足遅かった。


今までどこの町にも寄らなかったのか？

いや、そんなまさか。

私はすぐに馬鹿な考えを打ち消した。

宿屋の主人もギルド職員を見たら急に口を噤《つぐ》んだし、門番も謎の記憶喪失になっていた。

ここまで徹底して情報が隠されているとはな……。

しかも想定より彼らの歩みがかなり遅い。いったいどうなっている。


「団長、子連れですからそう遠くには行っていないはずですよ」

「そうだな。あの様子からしてフィアーカにいたことは間違いない。この先は山しかないし、野営ポイントをしらみ潰しに捜して行くぞ」

「はっ！」

これから本格的な冬になる。山頂は夏でも雪が溶けないくらい気温が低い。野営ポイント以外で野宿など、幼い子供には命とりだ。


「地図を出せ」

副団長が団員から地図を受け取ると、私の前に開いて見せた。

野営ポイントは簡易なものを合わせるとこちら側に二十四、王都側に三十六ある。空調設備が無いような名前もない場所は数に入っていない。

「数が多すぎますね……」

「そうだな。手分けして捜そう。五つに班を分ける。一班はここところ、二班はここところ、三班はこことここ、そして……。合流地点は設備の大きいここにして、今日はそこに泊まろう」

「「「はっ！」」」

団員たちは一斉に班に分かれ、一班に私が、二班に副団長が入ることになった。

「何かあれば合流地点で応援を待て」

「「「はっ！」」」

「団長！　遅かったですね！」

副団長が両手に肉の串焼きを持ったまま、私に手を振っている。

我々一班以外の班は、既に合流地点でくつろいでいた。


ほんと、あいつって気楽でいいよな。

笑顔で手を振る副団長がこんなに羨ましく思えるなんて、疲れているのかな。

「どうだった？」

「手がかりゼロです。他の班も。それより、コレ。美味いですよ！　団長の分も買ってありますので、良かったらどうぞ！」

馬を部下に任せ、なんとも言えない気持ちで副団長から肉の串焼きを受け取った。

満面の笑みの団員がサッと椅子を用意してくれたので、そこに座って肉にかぶりつく。

「ね？」

「ははは。美味いな」

私はやけになって肉を頬張った。もう、どうでもいいや。ああ、肉が美味い。

「明日も早いから早く寝ろよ。制服を着たままの飲酒は禁止。以上、解散」

団員たちは温泉があるだの、武器商人がいて珍しい武器があっただの、ワイワイと楽しそうにしている。


気を揉んでいるのは私だけか……。

教皇様になんて報告しよう……。

いや、まだ山に入ったばかりだし。明日こそは。

少し奥に入って焚火の跡でも捜してみるかな。


「団長、山頂どころか、王都に着いちゃいましたね」

分かっている。それ以上は言わないでくれ。

出来る事なら頭を抱えて膝から崩れ落ちたい。

「一回王都に戻って教皇様に報告に行く。教会まで一気に行くぞ！」

「「はっ！」」

私は自分に活を入れるように大きな声で命令した。

我々は教皇様直轄の第一聖騎士団。

これ以上この件に関わっていると、何も知らない団員たちから不満が出そうだ。

教皇様に一度進言してみよう。

娘にも会いたいし。

# 資料室の模様替え　資料室の魔術師誕生（パワハラ資料室の後）

「ノーテさん。資料室の棚を新しいものに入れ替えたいのですが……」

ハートさんに愚痴った翌日の午前中、私は裏庭掃除をする前に、本館の隣の建物にある、ノーテさんの職場の経理室にやってきた。

みんな山積みの書類の前で必死の形相でそろばんみたいなものを弾《はじ》いてる。数人の黒神官の姿もあった。あちこちで経費の交渉なのか指導なのか、声を荒立てた職員同士の会話も聞こえてくる。

……ここに配属されなくて良かった。

考えてみたら教会本部の経理部なんて戦場だ。

資料室の方がましだと思えるような惨状を目の当たりにし、少しだけ彼らに同情した。


「貸しなさい」

ノーテさんが手を出して申請書を寄越せと眉を寄せる。

しばらく書類に目を通していたノーテさんは疲れた顔でシルバーフレームの眼鏡を外し、目頭を人差し指と親指で揉み込んだ。

この反応はどっちだろう？　怒られるかな？　まさかの即ＯＫとか……。

「説明してください」

そう簡単にはいかないか。

「はい。今、資料室に置いてある棚は形も大きさもバラバラで、整頓しにくく数も足りません。それが、あの資料室の片付かない原因だと思います。なので、まず、資料を整理し区分けするために、棚の大きさを統一し、仕切りを付けて……」

「はい。もういいです」

やった！

経験上、ノーテさんが納得した時点で説明が打ち切られることは分かっている。だから先に一番の要点から伝えていけば大抵の事はＯＫが貰えるのだ。

ふふん。私、学習した。

「この申請書に書かれた棚だと背が低すぎませんか？　数は足りますか？」

え？

ノーテさんからの想定外の質問にちょっと戸惑った。

「えっと、背が高いと梯子が必要になりますし、資料はその棚の数で全部入る予定です」

何故かノーテさんがにっこりし、書類を机の端に寄せると両手を組んだ。

「これから先も、資料は毎日届けられるのですよ？」

「あ」

そっか。今まで棚を何度も継ぎ足していたから、形も大きさもバラバラだったのに。

それに、毎回、同じ形のものが売られているとは限らない。先に全部揃えなくては……。

「もう一度申請書を書き直してきなさい。それと、あなたは成長します。天井までの高さの棚の方が良いと思います」

「はい！　ありがとうございます！」

珍しい。というか、初めてアドバイスをくれた。

私は嬉しくなって、スキップしながら経理室を後にした。

「マリー。どこ行ってたの？　なんか嬉しそうだけど、良い事でもあった？」

「あ、サーシスさん！　実は、資料室の棚を買い替える事にしたのですよ！　今、ノーテさんからアドバイスを貰った帰りです」

食堂で時々会う二つ年上の先輩黒神官のサーシスさんに、経理室の建物から出た本館に向かう渡り廊下で声を掛けられた。

「資料室？　ああ、マリーはあそこに配属されてたんだっけ？　で？　なんでそれが嬉しいの？」

「あのごみ溜めのような資料室を一新出来るのですよ？　嬉しいに決まってます」

サーシスさんは『理解不能』という顔で肩をすぼめて首を振る。

「棚を一新って、人手は足りるの？」

「運んできてくれた人が並べて……」

「くれるわけないでしょ」

「あ」

そりゃそうだ。どうしよう。そこまで考えていなかった。

それ専門の業者ってあるのかな？

「ふふふ。人集めなら私に任せて。顔の広さと口の軽さは神官一なのよ」

サーシスさんがニッと笑う。

口の軽さは自慢することじゃないけれど、でもコミュ力は黒神官一……。

サーシスさんってヘアメイクの見習いなんだよね。どういった伝手が……。

「それって、お礼とかどうしたらいいのですか？」

「いらないわよ。資料室を快適に使いたいという有志だけを集めるから。任せなさいって！」

サーシスさんに背中をドンと叩かれて、よろけながらもお礼を言った。

資料室を快適に使いたいという有志か……。まぁ、それなら遠慮はいらないのかな。

でも良かった。サーシスさんに偶然会わなければ当日大変なことになってたよ。

感謝、感謝。


「よっ、資料室の受付ちゃん。模様替えをするんだって？　時間があれば手伝いに行くから、日程が決まったら掲示板に張り出しておけよ」

「あ、はい。ありがとうございます……」

……今日、これで五人目だ。すれ違う人、すれ違う人に声を掛けられる。

確かに顔の広さは神官一かも知れないな。

サーシスさんの知り合いってどんだけいるのよ。

早くノーテさんに申請書を提出して来なくっちゃ。


「おい、おまえ。資料室の黒神官。資料室の棚を入れ替えるって本当か？」

経理部のある別館に向かうため、資料室のある本館を出たところで私服職員に声を掛けられた。

……。パワハラさんだ。私は振り返ったことを心の底から後悔する。

気が付かないフリをして通り過ぎれば良かった。

「……はい」

「いつ？」

「今から申請するので、日程はこれからです」

「決まったら言え」

「はい。予定が決まれば本館前の掲示板で告知します」

「分かった。それと……、名前」

「はい？」

「名前は？」

「マリーです」

「マリーか……。アイゼンだ」

アイゼンさんはそれだけ言って本館に戻って行った。

こっわ。怒鳴られるかと思ったわ。

棚の入れ替えは教会の休息日にやらないとダメだな。

危ない、危ない。

平日に資料室が使えなくなれば、また怒られちゃうところだった。

日程も、みんなの都合を考えて決めないと。

「ノーテさん。棚の入れ替えの申請書を持ってきたのですが、少しお時間いいですか？　忙しいなら出直します」

「大丈夫ですよ。貸しなさい」

「はい。棚の入れ替えは教会の休息日にやりたいのですが、いいですか？」

私が申請書を渡しながらそう言うと、ノーテさんは眼鏡を下にずらして私を見る。

「休息日ですか？　正門は閉鎖されますし、神官も聖騎士も普段の半分もいなくなります。警備が手薄になるので、休息日用の作業申請が必要になります」

なるほど……。

「平日に資料室を閉鎖するとパニックになるかと思いまして。だからと言って、通常業務をしながら棚の入れ替えは厳しいです。休息日にやるのが私にとっても周りにとっても一番負担がかからないと思うのですが、どうでしょう？」

「……。そうですね。朝からやれば一日で終わりますし、あなたが良ければ、休息日に行うのがよさそうですね。どちらの業者に頼むのですか？　資料室の中までだと厳しいかもしれないので警備部に確認してください」

「棚はボルドーさんのお店に手配して貰おうかと思っています。人手はサーシスさんが教会内で集めてくれると……。しかも無償で」

「サーシスが協力を？　そうですか。あの子なら大丈夫でしょう。分かりました。日程が決まり次第、報告に来なさい。休息日用の作業申請書の書き方を教えます」

「ありがとうございます！」

ノーテさんは手早く申請書にサインをして返してくれた。

後は、ボルドーさんに棚を手配して、作業申請書を出して、掲示板に告知して……。

なんだか大きなイベントみたいになってきちゃった。


「おじいさまぁ。次の休息日までに、私に焼き菓子の作り方を教えて欲しいのですが、簡単で不器用な私でも失敗しないで作れる物はありますか？」

休息日の昼食後、ソファでお茶を飲むおじいさまに甘えて抱き付いた。

「んー？　簡単で失敗しない焼き菓子か……。クッキーならマリーでも出来るし楽しいぞ。何かあるのか？」

「棚の搬入の日に、手伝ってくれた方へお礼を配ろうと思って」

「ああ、そんな話をしていたな。早速やるか？」

「わーい」

「僕たちもやる！」

フェルネットさんが立ち上がり、ハートさんの肩を叩く。

ハートさんは苦笑いをしていたけど、さっそくやる気で立ち上がった。

意外とハートさんはスイーツを作るのが好きなんだよね。

「おお？　お菓子作りか？　久しぶりにみんなでやるか」

楽しそうにガインさんが立ち上がると、師匠も「やれやれ」と立ち上がる。

「わーい。みんなでお料理なんて、旅をしていた頃みたい！」

私たちはきゃっきゃしながらみんなでキッチンに向かった。


「よーし。マリー。手を洗ったら卵とバター、小麦粉と砂糖をここに持ってきておくれ」

「はーい！」

「俺は夕食のデザート用にチーズケーキを作るよ」とハートさんは青緑の目を輝かしている。

「それなら俺とシドさんはこっちでジャムでも作るか。マリーの好きなキルエがたくさんあるし」

そう言ってガインさんは師匠と一緒にキルエを洗い始めた。キルエはブドウみたいに房になっていて、サクランボの味と香りがする私の大好きなフルーツなのだ。

そして私とおじいさまとフェルネットさんの三人で、クッキーを作る事に。

「分量を量ろうな。料理と違ってきっちり量らないとダメなんだ。フェルネットは小麦粉をふるいにかけてここに入れておいてくれ」

「あい」

「マリーはこっちでお砂糖を量ってふるいにかけような」

「はい」

おじいさまに言われるがまま、私たちは材料を一つ一つ、ボウルに用意する。

「じゃあ、フェルネットは材料を順番に入れてくれ。まずはバターと砂糖をしっかり混ぜような。マリーはひとりでヘラを持てるかな？」

「うぅ……」

六歳児には大きすぎるヘラを、おじいさまが手を添えて一緒に混ぜてくれた。

卵や小麦粉は数回に分けてさっくり混ぜると、最後におじいさまが生地をいくつかに分け、布で包んで棒状にする。

「これを凍らせればクッキー生地の出来上がりだ。あとは解凍して切って焼くだけだ」

「え？　これ来週用の生地だったのですか？」

「ああそうだ。足りない生地は作っておくよ。部屋にオーブンはあるんだろう？　当日は手伝いに行ってやる。まだマリー一人じゃ危ないからな」

「僕も行くよ！」

「わぁ、ありがとうございます！」

凄ーい。

棒状にしたものを切るとか、思ってたのと違ったけど型抜きするより簡単そうだ。

するとガインさんが赤い頭を掻きながら「俺とシドさんはその日、仕事があるから行けないんだ」と師匠を見る。

「悪いな、嬢ちゃん」

「そんな。少し寂しいけど大丈夫です。お仕事頑張ってくださいね」

私が笑うとハートさんが気遣うように「俺は休みだから手伝うよ。身内が行くって教会には言っておいてくれ」と頭を撫でてくれた。

「ふふ、ありがとうございます」

はぁ、来週が楽しみだなぁ。ドキドキしちゃう。

この日の夕食のデザートは、ハートさんの作ったチーズケーキにガインさんと師匠が作ったキルエジャムが添えてあり、とっても美味しかった。


「間に合ってよかった。クッキーは小分けして、これに全部入ってるからな。持てるか？」

「はい、大丈夫ですハートさん。何から何までありがとうございます」

今日は休息日。資料室の模様替え当日の朝。

ハートさんが渡してくれた袋には、可愛くラッピングされたクッキーがたくさん入っている。

私の部屋のオーブンが調子悪くて、急遽おじいさまの家で焼いてくれたクッキーをハートさんとフェルネットさんが届けに来てくれたのだ。

「味見したけどすっごくサクサクしてて美味しかったよ！　ね？」

フェルネットさんがハートさんを見ると、ハートさんもにっこりと頷く。

「えへへ、私も後で味見しちゃおっと」

「資料室の入室は、教会関係者限定らしいんだ。だから邪魔にならないうちに俺たちは先に帰るよ」

「本当にありがとうございました。それと、おじいさまたちにも、お礼を伝えてください」

ハートさんは「頑張れよ」といつものように優しい目で私の頭をポンポンすると、フェルネットさんと共に教会を後にした。

「ちょっと、マリー！　あの背の高いイケメンは誰？」

「あ、サーシスさん！　この度は色々とありがとうございました！」

「そんなことはいいから。目の色がマリーと同じ青緑ってことはお兄さん？　キラキラしたベージュの髪も素敵すぎる！」

「……お父さんです」

「なにそれ！　お父さんカッコ良すぎない？　で、その隣の大きな目のサラサラ黒髪の彼は？」

「お父さんの冒険者仲間で……」

「やだぁ！　彼もキュートなイケメンじゃない！　この際、どっちでもいいわ、紹介して」

「ははは。サーシスさんて八歳ですよね。まだ早いですよ。それにしても、たくさん集まってくれましたね。これもみんなサーシスさんのおかげです。本当にありがとうございます」

「私が声を掛けたのもあるけど、掲示板の告知効果も大きいわよ。二人の協力の結果ね。うふふ」

休日の早朝なのに、正門前には大勢の一般職員や黒神官、白神官の姿まである。

私たちはみんなに挨拶をしながら、ボルドーさんが手配してくれた棚が正門前に届くのを待った。


「あ、来たわね」

荷馬車の手綱を握ったコーデンさんが門に入って手続きをしている。

「お、あれか？」

「アイゼンさん！　来て下さったのですか？　昨夜の古い棚の搬出も、手伝ってくれたのに」

「フン。これでマリーの仕事が早くなるなら当然だ」

相変わらずムスッとしているけど、ツンデレすぎる。パワハラさんとか心の中で呼んですみません。

「お荷物をお届けに参りました。『正門まで』ということですが、こちらに降ろしてよろしいですか？」

「はい。お願いします」

コーデンさんは正門を入ってすぐの、ロータリー広場に荷馬車を停めると、業者の方に指示をして次々と大きな棚を降ろしていく。

みるみるうちに、本館前は棚で埋め尽くされた。

「数に間違いはないですね？」

棚の数を数えてくれたサーシスさんが、両手で丸のポーズをしている。

「はい。間違いございません」

私が引換証を渡すと、コーデンさんは空の荷馬車に業者の人達を乗せて帰っていった。


「それではみなさん！　この図面の通りによろしくお願いします！」

「「「おー！」」」

正門前には続々と人が集まり、みんなが一斉に棚を運び入れ始める。あんなにあった棚があっという間にロータリー広場から運ばれていった。

急いで後を追うと、本館の資料室へ続く地下への階段で渋滞が出来ている。

「右に少し回転しろ！」

「下側にもう一人、誰か入ってくれ！」

「そっち側を少し上にあげられるか？」

手慣れたようにするすると大きな棚が狭い階段を降りていく。

「頼んで正解でしたね」

「そうね。こういうのはやっぱり黒神官の子供だけじゃ無理なのよ。それに、業者の人も資料室の中までは入れないみたいだし」

「それ！　危ないところでした。まさかあのごみ溜めみたいな資料室の警備が、そこまで厳しいだなんて思いませんでした」

「本当よね。私も後から知ってびっくりしたわ」

人が多く集まったおかげで三十分もかからずに、資料室の中に棚がすべて運び込まれた。


「あっという間だったな。せっかくだ。資料もついでに整理してやるよ」

「そうだな。さっきの図面通りに、年代別に並べればいいんだよな？」

「あ、はい！　いいのですか？　凄く助かります！　今、棚に貼り紙します！」

私は後で貼る予定だった棚の区分けの紙を急いでカバンから出すと、それを白神官の男性が手に取った。

「手伝ってやるよ」

一般職員の方たちも区分けの紙を白神官から受け取って、棚の高いところに貼ってくれる。手分けしてやるから一瞬だった。

「よーし。貼り紙を見て年代別に資料を棚に入れるぞー」

私が何かを言う前に大勢が動きだし、この日の為に箱に入れて壁際によせてあった資料がどんどん棚に収まっていく。

「ありがとうございます！　私ひとりだったら何週間かかったことか」

「いいんだよ。いつもマリーが頑張っているのを知ってるからな」

「普段忙しくてイラついてる俺たちだって、当たり散らして悪いと思ってんだ」

「そうだぞ。こういう時は遠慮すんなって。危ないからそこで見てろって」

やだ、みんな。そんなこと言われたら泣いちゃうじゃない。

私が口に手を当てて目を潤ませていると、サーシスさんが避難させていたクッキーの袋を抱えて来てくれる。

「後で配ろうね」

「はい！」

私は感謝を込めて、みんなに精一杯の笑顔を見せた。

「ありがとうございました。これ、お礼のクッキーです。皆さま、ぜひ、お持ち帰りになってください」

「お礼なんて気を遣うことなかったのに。でも、ありがとな」

「美味そうだな。貰っていくよ」

「年代別に適当に放り込んであるから、後で確認してくれよな」

「はい！　本当にありがとうございました」

私はサーシスさんと一緒にクッキーを配りながら、一生懸命みんなにお礼と感謝を伝えた。

ここまでして貰ったんだもん。もっともっとみんなのために頑張るぞ！

今日から資料室の魔術師になってやる！

# あとがき

はじめまして、作者のななみです。この度は『聖女の加護を双子の妹に奪われたので旅に出ます』を手に取っていただき、本当にありがとうございます。

幼い頃から本を読むことが大好きで、いつも物語の世界に入り浸っていました。それがまさか自分の書いた小説が書籍化され、本屋さんに並ぶなんて夢のようです。

気まぐれに『小説家になろう』というサイトに投稿したのも何かの縁だったのかもしれません。最初はサイトの使い方が分からず何度もテスト投稿をし、やっとのことで一話を投稿しても毎回連載の新作になってしまう。この黒歴史を無かったことにするためペンネームは急遽変更。思い付きで『ななみ』に。本のタイトルも、あとでちゃんと考えようと仮のタイトルとして放置。と、作品に関係のないところで脳内はパニック状態。人物紹介に至っては、一度すべてを消してしまうという失態を犯して触ることすら出来なくなっています。

そもそも自分のホーム画面が分からず小説の編集ページ以外を見ていなかったので、読者様からのＤＭにも気が付かない、誤字脱字の指摘にすら気が付かない。初期の頃はかなりの方にご迷惑をおかけしました。

幸い、あたたかい読者様に恵まれ、励ましの言葉をいただき本当にありがたかったです。感想欄の愛のあるツッコミにも感謝です。行き詰まっている時にタイミング良く優しい言葉をかけてくださる読者様。毎日感想を書いてくださる読者様には執筆のモチベを貰いました。言葉の意味を教えていただいたり、アイデアをいただいたりとみんなで一つの作品を作り上げている気持ちで投稿していました。

その中で、頂いたＤＭにこんな一文がありました。

――単純なざまぁではないストーリー。マリーの、表面的にも内面的にも『強さ』を持ったキャラクター性、リリーの憎み切れない人間臭さ、ガイン、シドの大人格好良さ、ハートやフェルネットのストレートな格好良さ……こういったキャラの魅力が、本当に素敵な作品でした――

ネタバレになってしまうので全部は書けませんが、これを読んだときに手が震えました。「私の伝えたかったことがすべて伝わっている！」と。はっきり言って号泣しました。声を上げて泣きましたよ。

この小説は、登場人物全員が人間臭さのあるどこにでもいそうな人物として描いています。子供ならではのまっすぐさ。大人だからこその妥協。それがリリーのストレートな要求であったり、初めての子供に戸惑うお母さんとお父さんの葛藤だったり。結果論ではああすれば良かったと言えるものの、当事者にはそれが見えないことも。

マリーを支えるS級冒険者の『黒龍』は、豪快でまっすぐな性格のガインさんを中心に、メンバーのアドバイザー役のシドさん（師匠）と、心に傷を持ったハートさん、転生前のマリーと同年代で中二病のフェルネットさん。外からは完璧に見える彼らもマリーと一緒に失敗し、悩み、成長します。

主人公のマリーは異世界転生者ですが、そんな彼女も完璧ではありません。よくある異世界転生の恩恵を得ることが出来ずに苦労します。それでも彼女は持ち前の明るさと強さでくじけません。心の中で毒を吐きながら、自分が正しいと思うことに向かって一生懸命に頑張ります。彼女が本当に欲しいものは何なのか、大切なものに気づくことが出来るのか。リリーとの関係はどうなるのか。これから先のマリーを応援していただけると嬉しいです。

私も執筆しながら彼女の行動を通じて元気を貰い、たくさん励まされました。この本を読んでくださった方たちも、そうだったらいいなと思います。

最後に謝辞を贈らせてください。

きれいなイラストを描いていただきました、にもし様。脳内の妄想よりかわいいマリーを見て感動しました。フェルネットが脳内妄想のイメージそのままで「エスパーか」とラフを見た瞬間、心の中でツッコミを入れました。最初に書籍化の打診をいただいたアース・スタールナ様。本を出すきっかけをいただきました。小説自体初めて書いたため、常識すら良く分かっていない私に耐えていただき謝罪と感謝です。そしてこの本に関わったすべての皆様にお礼を申し上げます。本当にありがとうございました。

突然聖女になったマリーと周りの関係。リリーは？　教会の仲間、冒険者ギルド、エヴァス母のリアクションは？　冒険者の活動と聖女の活動。物語のスピード重視のＷＥＢ版では敢えて省いていた背景描写、心理描写、人物描写を、一巻同様に、この先大幅加筆すると思います。

よろしければ次巻でもまた、お会い出来たら嬉しいです。

EARTH STAR
LUNA

# 聖女の加護を双子の妹に奪われたので旅に出ます ①

発行 ―――――――――― 2024年3月1日 初版第1刷発行

著者 ―――――――――― ななみ

イラストレーター ―――― にもし

装丁デザイン ―――――― 村田慧太朗（VOLARE inc.）

発行者 ――――――――― 幕内和博

編集 ―――――――――― 児玉みなみ

発行所 ――――――――― 株式会社アース・スター エンターテイメント
〒141-0021 東京都品川区上大崎 3-1-1
目黒セントラルスクエア 7F
TEL：03-5561-7630
FAX：03-5561-7632

印刷・製本 ―――――――― 中央精版印刷株式会社



ISBN 978-4-8030-1911-7